JN285944

Paul thomas Anderson

magnolia

マグノリア

ポール・トーマス・アンダーソン＝脚本
岡山 徹＝編訳

角川文庫 11456

MAGNOLIA

Screenplay Copyright © 2000 by
Paul Thomas Anderson
All rights reserved.
Photographs by Peter Sorel/New Line SMPSP,
Copyright © 1999 by New Line Productions.
All rights reserved.

Novelization by Tohru Okayama
based on the screenplay by Paul Thomas Anderson
Japanese novelization rights arranged with
Newmarket Press
through Japan UNI Agency, Inc.

Published in Japan by
Kadokawa Shoten Publishing Co., Ltd.

装幀——鈴木未奈 (Meta+Maniera)
編集——村井真郎 (ブレイン・ワークス)

マグノリア

〈主な登場人物〉

アール・パートリッジ……末期ガンで死の床にいるテレビ・プロデューサー。人気長寿クイズ番組「チビッコと勝負」を手掛けた大物
フランク・T・J・マッキー…アールの息子。女を虜にする誘惑法をモテない男たちに伝授するSEX教祖
フィル・パルマ………アールの献身的な看護人
リンダ・パートリッジ………アールの年若い妻
ジミー・ゲイター………「チビッコと勝負」の司会者
ローズ・ゲイター………ジミーの妻
クローディア・W・ゲイター…ジミーの娘
ジム・カーリング………情け深くて善良、少し間抜けなロサンゼルス市警の警官
スタンリー・スペクター………「チビッコと勝負」で連勝中の天才少年
リック・スペクター………スタンリーの父親。売れない俳優
ドニー・スミス………かつて「チビッコと勝負」で天才少年と謳われた中年男
ディクソン………街の〝目〟であり〝耳〟であるラップ少年

1

確かに、世の中には偶然というものが多い。しかし、それは単なる偶然なんだろうか。偶然というのは、ある意味、科学で証明できない論理の墓場と言っていいだろう。そこに安置しておけば、とりあえず人類が連綿と築き上げてきた、理路整然としたロジックに破《は》綻《たん》が訪《おとず》れることはない。しかし、ほんとうにそれでいいのか。

たとえば、電気製品がいっせいに壊れたり、絶対になくなるはずのないものがなくなり、ある日突然、絶対にそこにあってはいけない場所から見つかったり。少なくともそんな経験がみなさんには一度や二度はあるはずだ。

ある者はそれを神のせいにしたり、霊のせいにしたり、超自然的な現象のせいにしたり、あるいは単なる自分の度忘れか、健忘症か、年のせいにする。しかし、ほんとうにそうなんだろうか。

たとえば、そういう経験をした人間が、年若い、物忘れや忘れ物などほとんどしない、脳細胞の澄みきった少年だったら、いったいどうするんだ？

いや、科学では証明しきれない因果関係が、そこには絶対にあるはずだ。ただ、その偶然が、われわれが考えるようなタイム・スパンでは証明しきれないだけの話ではないのか。

たとえば、今から八十九年前の一九一一年十一月二十六日付けの〝ニューヨーク・ヘラルド〟の紙面に三人の男が絞首刑に処せられたという記事が載った。

その三人は、エドモンド・ウィリアム・ゴッドフリー卿《きょう》の殺害犯だった。

卿は善良な家庭人で薬剤師、住所はロンドンのグリーンベリー・ヒル。三人の殺害犯の動機はただの物盗りで、三人の名前はジョセフ・グリーン、スタンリー・ベリー、ダニエル・ヒルという。お気づきだろうか、三人の名前を合わせると、事件が起こった住所のグリーンベリー・ヒルとなる。わたしはこれを単なる偶然の一致と考えたい。

また、一九八三年六月、ラスベガスと並んでカジノと結婚で有名な、ネバダ州のリノの新聞〝リノ・ガゼット〟紙には火事に関するこんな記事が載っていた。ある日、山火事が起こって、セスナ機が消火剤を散布したり、当然のことながら消火活動が行なわれたが、なぜかデルマー・ダリオンという名前のダイバーが、高い木の上に引っかかっていたのだ。もちろん、木のてっぺんで潜水していたわけでもあるまいに、ウェットスーツを着て、酸素ボンベとマスクをしたまま、つまりダイビングの格好で地上を空しく見つめて、絶命していたのだ。

山火事であるために、当然、水はふもとから運ばねばならず、タンクの中に入っていたものを散布したとは考えにくい。いくら消防のホースが太いからといって、人間が、ましてはダイビングの格好をした人間がホースの中を通るはずもない。

デルマーはリノのカジノ・ホテルで、ブラック・ジャックのカードを配るディーラーをしていた。彼は誰《だれ》からも好かれ、アウトドアのスポーツマンとして鳴らし、よく湖にダイビングに出かけていた。検死医の報告によると、死因は炎の高温の熱射によるものではなく、潜水中あるいは、そこから木の上に運ばれた間に起こった心臓発作と判明している。しかし、記事の中でもっとも興味を引かれるのは、翌日、クレイグ・ハンセンという男が自殺したという事実だ。

ハンセンはボランティアの消防士で、四人の子供を持つ離婚歴のある男で、少々アル中気味の男だった。ハンセンの操縦する水陸両用機が、消火活動に使う水を吸いあげるために湖面を滑水中に、偶然にも水中にいたデルマー・ダリオンを引っかけてしまったのだ。

そして、これに輪をかけて偶然にも、二人は二日前に実際に会っていた。

ハンセンは、たまたまデルマーが働くカジノに出かけ、酒気を帯びたまま、ブラック・ジャックを楽しんでいた。ハンセンは2のカードを要求した。ところが、デルマーが配ったカードは8だった。酔っぱらっていたせいもあり、ハンセンはかっとなってデルマーに殴りかかって、大騒ぎになった。幸い、警察沙汰《ざた》にはならなかったが、警備員にこんこんと諭され、我に返った後に、ハンセンはしきりにデルマーに謝って、事なきを得た。

そして、この事故だ。

ハンセンは、罪悪感と偶然のあまりの重みに耐えかね、自室のベッドで口にショットガンをくわえて自殺した。枕《まくら》の上にあったマグノリアの花が描かれた絵の額にも、おびただしい鮮血と白い脳の破片が飛び散っていたという。

わたしは、これも偶然の重なり合いだと考えたい。

さらに、とんでもない偶然がもたらした事件の話をしよう。

時代は少し戻って、一九六一年の検死医協会の年次表彰式と晩餐会《ばんさんかい》で、会長のジョン・ハーパー博士はこんな自殺の事例を披露《ひろう》した。

自殺を試みたのは十七歳のシドニー・バリンガー。事件は三年前の一九五八年三月二十三日ロサンゼルスで起こった。九階建てのアパートの屋上から飛び降りた青年は、なぜか、自殺に失敗した。

だが検死官の裁定によって、失敗に終わった自殺は、一転して殺人事件となったのだ。九階建てのアパートの屋上から飛び降りて、殺された？

なぜか？

つまり、こういうことだ。

自殺の意志は、青年の胸ポケットに入っていた遺書で確認された。

彼が九階建てのアパートの屋上に立った時、三階下で激しい夫婦喧嘩《げんか》があった。当然、隣人たちにも怒鳴り合う声が聞こえた。この夫婦がショットガンや、家の中にしまってある拳銃《けんじゅう》で脅し合うのは日常茶飯事《さはんじ》だった。そして、女房のフェイが旦那《だんな》のアーサーに向けていたショットガンが暴発した時、何と、飛び降りたシドニーが窓の外をたまたま通過した。

しかも、重なった偶然はそれだけではない。この夫婦は、シドニーの母親と父親だったのだ。

現場に駆けつけた警官も最初は、この関係がのみ込めなかった。母親のフェイ・バリンガーも、銃は空砲だと思い込んでいた。

「しょっちゅう銃で脅されてるんだ。実弾なんか、込めるわけがないじゃないか」と夫のアーサーも取り調べの警官の一人に証言している。

「じゃあ、あんたは銃に弾丸を込めてなかったんですね？」と刑事が聞くと、アーサーはさらに「なんで弾丸を込める必要がある？」と答えている。

当然のことながら、アパートでは数人の警官が近所の住人に聞き込みをした。同じアパートに住んでるシドニーの友人の少年が、事件の六日前、シドニーが弾丸を装塡《そうてん》しているところを目撃していた。

少年の証言をまとめると、こういうことになる。

激しい喧嘩に明け暮れる両親を見ていて、耐えられなくなったシドニーはついに決着をつけようと決心した。いつも「殺してやる」とののしり合ってる親だから、その手伝いをしてやると、少年にも言っていたそうだ。

シドニーは屋上から飛び降りた。三階下では両親が大喧嘩。暴発した銃弾が、窓の外を落下する息子の腹部を貫通した。シドニーは即死だったが、落ち続けた。ところが、さらに三階下の三階には窓拭《まどふ》きのために三日前から安全ネットが張られていて、彼はその上に落下。銃弾が当たっていなければ、助かっていたわけだ。

母親は息子《むすこ》殺《ごろ》しで起訴され、息子は自分自身の殺人の共犯者となった。

これを単なる「偶発的事件」と片づけることができるだろうか。しかも、聡明《そうめい》な読者は、この事件には、妙に三という数字、あるいは三の倍数がからんでいることに気づかれるだろう。

こんな事件は滅多にあることではないし、また、しょっちゅうあっても困る。これは単なる偶然ではあるまい。

世の中には、不思議なことがしょっちゅう起こる。しかし、これからお聞かせする物語も、単なる偶然ではすまされないような話だ。これを聞いて、そんなことあるもんか、どうせ映画か小説の作り事と、一笑に付されてもしかたがない。しかし、みなさんの周りでよく起こる、あるべきところにあるはずの宝石や時計やネジや釘《くぎ》がなくなったり、飼い猫がいなくなったり、さっきまで元気だった人が急死したり、それを運命とか宿命とか天命と片づけるのは簡単なことだが、それらの日常茶飯事には必ずそれなりの原因や因果関係があるはずだ。

ただ、ロジックで説明のつかないこともあるにはある。その最たるものが、人の心だろう。

古来、恋や愛や憎しみや妬《ねた》みや嫉《そね》みは、少なくともわれわれの間では、ケミカルという言葉で片づけられてきた。化学反応とでも言い換えようか。それは、不思議な人の心を科学や、古くは錬金術で解明しようとしてきた名残《なごり》ではないのか。

そんな不思議な人の心に開陳すべく、これからフランク・T・J・マッキーなる人物を紹介しよう。彼の人生を通して、いや、彼の数奇なる人生をひもとくことによって、彼の周りでつづれ織りのようにうごめく人物たちを語ることによって、命という大いなる偶然にまつわる話をしようではないか。ちょうど、シドニーが窓の外で遭遇したのと同じような……生と死の逆説的な二十四時間の物語を……。

2

深夜枠のテレビの画面には、いかがわしい商品を売りつける、いかがわしいCMが流れていた。いや、それは商品ではないこともある。有名人が監修したシェープアップのビデオや、ビデオ付きのダイエットや、一頃流行《はや》った自己啓発もどきのこともある。

長髪を真ん中からひっつめ、簡単にまとめた、やけににやけた男がカメラ目線で、何やら自己啓発めいたスローガンをがなっていた。

薄暗いバーでは、カウンターにぽつんと一人、三十がらみの美女が退屈そうにそのテレビの画面を見ていた。彼女の名はクローディア。

「人生はビッグ・ゲーム。君は、こんな人生を望みもしなかったはず。こんなはずじゃなかったはずだ。このゲームでは何を奪い取るかが勝負なんだ。俺《おれ》はフランク・T・J・マッキー。もちろん、女は掃いて捨てるほどいるし、俺が書いた『誘惑してねじ伏せろ』はビデオでもカセットでも絶賛発売中だ。『誘惑してねじ伏せろ』を学べば、ナイスバディの彼女が濡《ぬ》れたアソコをおっ広げる」

画面には、お決まりの電話番号と番号代わりのアルファベットのテロップが出ていた。

〝1―877―TAME―HER〟

「飼い馴《な》らせ」とは恐れ入った。

「注文受付中」のテロップがそれに続く。

フランクは、カメラに向かって歩く。すると、そこはナイトクラブでもあるかのように、色っぽいブロンド女が彼にねだるような熱い視線を送っていた。

「問題はしゃべりのテクニックだ。女のお固い頭に忍び込んで、女の願望と欲望と恐れを見抜き、かわいいパンティを脱《ぬ》がす。いままで〝お友達〟だった女を……セックスに飢えたしもべにすることができる。女にフラれっ放しの君……」

クローディアが、持てあまし気味のビールをやっとのことで飲みほすと、退屈をまぎらわすために話していた中年男がトイレから戻ってきた。となりに座り、『誘惑してねじ伏せろ』のCMを見ていたわけでもないのに、急にせっついた。

「どうする？」

知り合ったばかりの男がやりたがってるなら、退屈しのぎにちょうどいい。クローディアは、すぐに男と自分のアパートにしけこんだ。

彼女は見ず知らずの男の前で、平然とテーブルの上にコカインを出し、掃除機のようにそれを勢いよく鼻で吸い込んだ。男はにこりともせず、顔をしかめるでもなく、じっとそばで見ていた。おそらく、やることしか頭にないんだろう。

クローディアにとっては、男の魅力も性器の大きさも口説きのテクニックも、一切関係がなかった。ただ、のしかかる不安と退屈と、永遠のような時間を紛らわすことしか頭になかったのだ。

クローディアと男は、よく軋《きし》むベッドの上で、半開きになったカーテンから入る月明かりを浴びながら、激しくまぐわった。クローディアが見ていたのは、懸命《けんめい》に腰を振っている、目の前に突き出た男の満月のように禿《は》げた頭ではなく、誰《だれ》もいない居間に流れている、青白いテレビの画面に映った父親の顔だった。

クローディアの父親、ジミー・ゲイターが司会を務める『チビッコと勝負』は、三十余年も続く長寿番組で、アメリカ・テレビ界の名物番組になっていた。第一回目の放映が始まって以来、全放映時間は今週でのべ一万二千時間にもおよぶ。〝我こそは物知り〟という子供たちがチームを作り、大人チームと対決してクイズ王を決定する、という家族で楽しめる人気番組だった。

その番組を束ねるジミーは、四十年間幸せな結婚生活を送り、二人の子供に恵まれ、近々、初孫が誕生する予定だった。まあ、誰でもそうだが、一見、家庭人に見える夫でも、私生活では時に少々脱線することもある。どんな男も、みんなそんなもんだ。

このジミーも御多分に漏れず、多少、女を作ったこともあるし、不規則な生活ゆえに朝帰りのこともあり、昼の日中にカーテンを閉めて妻を求めることもある。そんなことはどんな夫にもあることで、まあまあ、家庭人と言ってもいい、良き夫であった。

ところで、『チビッコと勝負』だが、最近、五週連続で勝ち抜いているスタンリーという天才少年がいた。大人でも知らないような難問にすらすらと答え、視聴者は舌を巻くばかりだった。

もちろん、三十年も番組を続けていれば、番組を卒業し、すっかり大人になった神童もいる。しかし、そういう子供は得てして……まあ、いい。この話はもっと後になってから話すことにしよう。

この物語の中心人物は、番組の司会者でもなく、番組に出た天才少年でもなく、番組のすべてを統括するプロデューサーだ。といっても、現在のプロデューサーではなく、この番組を三十年にわたって持続させ、視聴率を五十%近くにまで上げた実績のある名物プロデューサー、アール・パートリッジのことだ。この番組の成功によって、彼は局の最高幹部にまでのし上がり、ビバリーヒルズに大豪邸を構えた、テレビ界では伝説的な存在だった。もちろん、視聴者には司会者のジミーのほうが知られているが、業界ではアールのことを知らない人間がいないほど、数々の名番組を生み出してきたのだ。

六十代になる彼はとっくに現役を退き、豪邸で隠居の身、といえば聞こえはいいが、実は寝たきりだった。数年前に末期の肺がんと宣告され、病院からも見放され、今は激痛を抑えるためにモルヒネを服用し、酸素吸入器で何とか呼吸を保っているだけの痛々しい姿に変わり果てていた。彼のそんな状態を知る者は少なく、近親の者——といっても年若い妻リンダだけだが——と担当の医師と弁護士、そして一日置きに交替する看護人ぐらいのものだった。わがままなアールは、わけても、フィルという気のつく看護人にいちばん心を開いていた。また、フィルも、金持ちだからということだけではなく、親身になって、アールのかいがいしい介護を続けていたのである。

そんなある日の午後、いつものようにフィルが交替にやってきて、「どうです、気分は？」と尋ねた。鼻の中から酸素のチューブを入れ、ただでさえ呼吸が苦しい息の下でアールは、ぼそぼそとこんなことを言った。

「クソみたいだよ」

「それじゃあ、いつもと同じじゃないですか」

フィルは笑いながらかわした。

「悔いばかり。俺の人生は悔いばかりだ」

そう言われても、フィルには返す言葉がなかった。言葉が見つからず、考えあぐねていると、アールは苦しそうにのどを鳴らしながら続けた。

「君に頼みたいことがあるんだ、フィル」

「いいですよ、何でも言ってください」

サンルームでは、妻のリンダが主治医に電話し、夫に気づかれないようにかみついていた。もっとも、こんな大きな家では、大声を出しても、夫のいるホールのように広い寝室まで声が届くはずもなかったが。リンダはむしゃくしゃした、ささくれだった自分の気分を抑えることができなかった。

「あなた、主人の主治医なんでしょ、だから、こうして電話してるのよ。何とか言ったらどうなの。とにかくひどいわ。何とかして。もっと薬が必要なのよ。クソ！　いいわ、今から、そっちに行くわ。薬も欲しいし、もっとはっきりした話を聞きたいのよ。そっちへ行くから」

医者が返事をする前に、リンダは電話を切っていた。

彼女はサンルームを横切り、まるでブティックのように外出着が並んでいる部屋を横切り、寝室の奥にあるベッドに近づくと、まずは夫の頰《ほお》にキスした。一週間も剃《そ》らないのに大して伸びていない白い髭《ひげ》が、リンダの餅肌《もちはだ》の頰にじゃりっと触れた。

「おはよう、リンダ」と、まずフィルが声をかけた。

「愛してるわ、ダーリン」

そして、リンダは夫ではなく、フィルに言った。

「ちょっと出かけるけど、すぐ戻るわ」

家を出て車の運転席に向かい、一人きりになったところでリンダは、誰に言うとはなしにハンドルを揺すりながらののしった。

「クソ！　バカヤロー！　チクショー！」

理由は自分にも分からなかった。

ジム・カーリングは年よりはかなり老けて見えるが、まだ三十二歳だった。現在独身の彼は働き盛りの現役警官だったが、仕事柄、女性と知り合える機会はまったくないに等しく、いろいろ悩んだ末に、ケーブル・テレビの恋人紹介チャンネルに電話することにした。誤解のないように言っておくが、彼がこんなことをするのは初めてである。敬虔《けいけん》なクリスチャンであるジムは、曲がったことが大嫌い。警官としてはうってつけの性格だが、社交面ではそれがあだとなった。友達は少ないし、ごくまれに女性とのデートのチャンスをつかんだとしても、つい説教臭くなってしまい、相手から疎まれてしまうことが多かった。つまり、こんな手段に訴えたのもよっぽどのことであって、しょっちゅう恋人紹介チャンネルに電話してるような変態とか、ストーカーまがいの人物ではないことだけは断っておく。

ジムはひとり寂しくシリアルで朝食をすませた後、テレビに向かって、テロップの指示通りに電話した。受付嬢が出て、ていねいに手順を教えてくれた。

「1のボタンは自己紹介です。では、2を押してメッセージを残してください」

ジムは2のボタンを押して、自分からのメッセージを残した。

「あ、こんちは。僕はジムです。ロス警察の警官で、担当はノース・ハリウッド地区。仕事と映画が大好きで、仕事の性質上、体力づくりは欠かせません。三十二歳で、詳しく知りたい人のために言っておきますと、身長は百八十六センチ、体重は八十キロです」

ジムはそこで一回大きなため息をついた。

「ストレスの多い仕事ですから、物静かで、思いやりのある女性と交際したいと思ってます。良ければ、私書箱八十二号にメッセージを送ってください。よろしく」

普段のジムは寝る前にも、仕事に出かける前にも、寝室の壁にかけてある十字架に祈りを捧《ささ》げるのが日課だった。仕事が仕事だから筋肉トレーニングも行なっているし、性格的にも仕事的にも、警官の鑑《かがみ》のような男だった。ただ、真面目《まじめ》過ぎて目立たないタイプだった。今朝もいちばん後ろの目立たない席に座って隊長の訓令を聞き、自分から進んで質問をしたり、発言するようなタイプではなかった。

隊長は、隊員の前でこんな話をしていた。

「暴力社会。それが現代だ。いつものとおり、幸運を祈ってる。〝保護と奉仕の精神〟を忘れるな。それはパトカーにも書いてある」

確かに大変な仕事だ。普通は二人一組でパトカーに乗るのだが、人手不足も手伝い最近では一人で乗ることも多い。今日も一人でパトカーに乗ってパトロールに出かけたジムは、まるで相棒のように後部座席にショットガンを置いた。はたから見れば、さながら西部劇に出てくる駅馬車の御者のようだった。駅馬車の御者だって、riding shotgun と言うぐらいで、必ずライフルを持った相棒が一人乗る。一人にも、すっかり慣れっこになっていた。

今日も一日が始まった。本部から無線連絡が入る。事件発生。凶悪事件。でも、それが彼の仕事だった。彼は満足していた。世の中のためになる仕事がしたかったからだ。人の役に立つことが。一日に起こる二十件の事件の中で、一人でも助けることができたら、悪を正すことができたら、彼はそれだけで幸せだった。どうせ人生を送るなら、〝良いことをしたい〟と願って生きたい――彼はそう思っていた。善行を施す。みんながそう願い、傷つけ合いさえしなけりゃ、この世の中だって……。

3

〝一時曇り　降水確率八十二％〟

ジムはパトカーの中で本部からの通報を受け、あるアパートに急行した。ドアが開いていたので部屋の中に入ると、太った黒人の中年女性が興奮して怒り出した。

「ちょっと何なのよ？　人の家に勝手に入らないでよ」

ジムは慌てた。

「通報があってね。ドアが開いてたんです」

「人の家に勝手に入る権利はないはずよ！」

女は、いきりたった。

「通報があったんだ。まあ、落ち着いて」

ジムは、手を挙げて制した。

「落ち着いてるっての！」

「騒ぎが起こってるっていう通報があったんだ」

「騒ぎなんか起こってないわ」

「騒ぎが起こってるっていう通報があって、ドアが開いてたんだ。それで、その、様子を見にきたんだよ」

「だから、騒ぎなんか起こってないっての！」

「じゃあ、心配ないな」

女は、白人に対しても、警官に対してもいい感情を抱いていないらしかった。

「あんたに心配してもらわなくてもいいんだ！　勝手に入ってくる権利なんか、あんたにないはずよ！」

「そうか、権利に詳しいのか、それなら俺《おれ》を試してみりゃいいじゃないか。法律のことを聞いてみろ。それでもいいんだぞ。しかしな、気をつけないと、ブタ箱行きだからな。いいな。だから冷静になれ」

「だから、冷静だっての」

誰《だれ》がどう見ても、彼女は冷静には見えなかった。それどころか、何かにひどく興奮してるらしかった。

「それで冷静だってのか。わめいてるじゃないか。そうだろ？」

女は一度ため息をついた。

「通報が正しいかどうか、調べてみる。一人なのか？」

「答える必要があんのかい？」

「必要はないが、尋ねる。一人なのか？」

ジムは話しながら部屋の様子をうかがっていたが、このままではどうにもらちが明きそうになかった。

「見りゃ分かるだろ？」

「他《ほか》には誰もいないんだな？」

「あんたがいるよ」

女は、まだ挑戦的な態度でジムに迫ってきた。

「確かに俺はいる。いいか、それ以外に誰かいるか、って聞いてんだ。俺とあんた以外に？」

「もう答えたよ」

別室に誰かがいて、こんな押し問答をしている間に銃でも構えていたら、取り返しのつかないことになる。早く、この女を何とかしないと。

「嘘《うそ》じゃないだろうな？」

「一人暮らしなんだ」

「一人暮らしかもしれんが、今、ここに誰かいるか、と聞いてるんだ？」

「いないよ」

「あんたの名前は？」

「マーシーさ」

「よし、じゃあ、マーシー、そこのソファに腰かけるんだ」

「立ってたいんだ」

「命令だ」

「あたしが何をしたって言うんだい！」

「いいから、座れ」

やっとマーシーは、嫌々ながらソファに腰かけた。

少し冷静になったようだ。

ジムが言った。

「よし、それじゃあ、さっきも言ったように、何があったかこれから調べる。怒鳴り合う声と大きな物音がしたって、近所からの通報があった」

「そんな物音はしなかったね」

マーシーは立ち上がろうとした。いてもたってもいられない様子だ。

「座ってろ。座ってろ」

ジムの再三の命令も聞こうとせず、マーシーはまた立ち上がろうとした。しかたなくジムは、そばにあったテーブルに手錠の片方をかけ、もう片方をマーシーの手首にかけようとした。マーシーは嫌がって、抵抗した。

「何をするんだよ！」

「暴れるな！」

「早く出てってよ！　一体何だっていうのよ！　ひどいわ！　許さないからね！」

案外簡単な事件かと思っていたが、状況はひどくなる一方だ。一人では手に余ると考えたジムは、無線で本部に連絡を取った。

「本部へ。応援を頼む」

「何だよ、バカヤロー！　何しやがんだよ！」

「そこにいるんだ！　そこにいろ！」

ジムは銃を抜き、マニュアル通りに身構えながら、奥の部屋へと一歩一歩進んでいった。

「どこ行くんだよ、バカヤロー！　そっちへ行くんじゃないってんだよ！　このヤロー。出ていきやがれ！」

ジムは銃を構えながら、奥の部屋に通じる短い廊下をおずおずと前へ進んだ。

「警察だ！」

「そこはあたしの寝室だよ！」

マーシーはまだ叫んでいた。

（騒ぎがなかっただと?!　もうとっくに騒ぎだってんだ）

ジムはまた叫んだ。

「誰かいるのか？」

「誰もいないと言っただろ。戻れ、クソッタレ！」

「いるなら手を挙げて出てこい！」

幸い、奥の部屋には誰もいなかった。

マーシーはテーブルごと移動し、奥の様子を見ようと近づいてきた。

「マーシー、こっちへ来るんじゃない！　やめるんだ！」

このままマーシーが廊下をテーブルで塞《ふさ》ごうものなら、退路を断たれ、何かあったとき、ジムに不利になる。

しかし、ジムはそれを無視して、懸命《けんめい》に銃を構えながら、クローゼットの扉の前に立った。

「警察だ！　銃を抜いてる。そっちからドアを開けないと、撃《う》つぞ！」

「こっちへ戻ってこい！　そんなとこ誰もいないよ！」

「わめくな！」

「何だよ、それが警察の言葉かよ！　くたばれ！　ふざけんじゃないよ！　クソッタレのお巡《まわ》りめ！」

ジムは、銃を構えながら、思い切ってドアを開けた。すると中には、白い布に覆われた物体があった。その布には、所々、血痕《けっこん》がついている。

ジムがおそるおそるその布をめくってみると、人間の足がのぞいた。

「これは何だ！」

「知るもんか！」

そこにあったのは、白人らしき男性の死体だった。


慌てた様子のリンダがやってきたのは、ランドンという、寝たきりの夫の主治医だった。ランドンはオーク材のデスクの前にふんぞり返り、白衣ではなく高級なスーツに身を包み、メガネからネクタイまで高級品で固めていた。いったい誰のおかげで、こんなにいい暮らしができると思ってるのよ。あたしたちみたいな金持ち相手の治療のおかげじゃないの。その大切なクライアント、いや患者が、今まで何年間も莫大《ばくだい》な治療費を払ってきたからこそ、こんなにいいオフィスが構えられたというのに、肝心の患者が死にかけているというのに、落ち着いている。他にも似たような金持ちの重病人を、治る見込みのない患者を何人も、いや何十人も抱えているからなんだわ。クソ、クソ。

リンダは、座りもせず、込みあげる怒りをぐっとこらえながら、慇懃《いんぎん》無礼な医者に向かって吐き捨てるようにまくしたてた。

「こうしている間にも夫は死にかけてるのよ。そんな時に、よくも落ち着けなんて言っていられるわね」

ランドンは、冷静に言った。

「助言をする前にいくつか、あなたに心しておいていただきたい事柄を言っておきましょう。聞いてください。聞いてます？」

リンダは心ここにあらずだった。まるで薬が切れたジャンキーのように、今にもぶるぶると震え出しそうだった。

「夫が死にかけて、気が動転してるのよ。死んだら、遺体をどうすればいいの？　その後はどうするの？」

「それは、あなたに代わってホスピスがやってくれます。看護人やらを送って……」

「それなら、フィルがいるわ」

「今、ついてる看護人ですね？　フィルに満足なら結構。遺体の処置に関しては、ホスピスに連絡してください」

リンダはますますイライラしてきた。

「分かってないのね。痛みが前よりもどんどんひどくなってるのよ。モルヒネが効かないのよ。物をのみこめないの。薬ものみこめないのよ。一晩中、そばについてて、うめき声を聞いてるわ」

「そういう場合は……聞いてます？」

「ええ、聞いてるわ」

「座ります？」

「そ、そうね。座るわ」

リンダは、さっきから自分が立っていることにやっと気づいて、ひんやりとした椅子《いす》に腰をかけた。

ランドンは、ひんやりとした椅子と同じくらい冷たく言い放った。

「リンダ、アールは助かりません。いつまで持つか。その日はかなり近いと思います。今、われわれにできるのは、できるだけ痛みのない死を彼に与えることだけです。実務的なことは、ホスピスがやってくれます。遺体の処理とか、誰と誰に訃報《ふほう》を伝えるとか。これが電話番号です」

ランドンは、ホスピスの電話番号を書いた紙をよこした。

「モルヒネに関しては、こういう助言をしましょう。大変効力のある液体モルヒネがあります。目薬のように、スポイトで舌に一滴落とすだけで、痛みがてきめんに消えます。でも、これだけは申し上げておきます。もう、後戻りはできません。痛みは消えますが、今以上に意識がもうろうとなります。ご主人は、ご主人でなくなるのです」

「そんなこと言われて、わたしにどう答えろと言うの？」

リンダは、それ以上、何も言えなくなった。まるで舌に垂らしたモルヒネの液体のように、〝主人でなくなる〟という一言が、リンダの心をリンダの心でなくしたように思えた。

最近、口数の少なかったアールだったが、珍しくベッドのそばで書き物をしていたフィルにぽつりぽつりとしゃべり始めた。

「ペンが見えるのに、そこまで手が届かん。そのペン……ペンは見える。手を伸ばしてみよう」

アールは、筋肉がたるみ、しわだらけになった手を伸ばそうとした。

「ダメだ。手が言うことを聞かん」

憎まれ口ばかりたたくが、意外に冗談好きなアールが、フィルには早くに亡《な》くなった父親のように見えてしかたなかった。こんなふうな何でもない会話を、実は楽しんでいた。他愛《たわい》ない話であればあるほど、失われた父親との会話が取り戻せるような気がしたからだ。

と、突然、アールは驚くような話をした。

「実は、わしには息子《むすこ》がいてな」

微笑《ほほえ》みながら、看護記録をつけていたフィルの手が止まった。同時に微笑みも止まった。

「そうなんですか？」

「あ、ああ……」

「どこにいらっしゃるんです？」

「さあな。どこかにいるはずだ。どこかに……この街のどこかにいるはずだ。一筋縄ではいかん奴《やつ》でな。頑固な奴だ」

「……………」

「あんた、恋人はいるか？」

「いいえ」

不思議なことに、フィルは、アールには何でも正直に言えた。

「恋人を持て」

「頑張ってるんですが……」とフィルは笑った。

「人生の時を分かち合うんだ。昔から言われてるようにな。いい女を見つけたら、放すんじゃないぞ。リンダは？」

アールは、急に話を変えた。

「ちょっと用足しに出かけてて、すぐ戻ります」

「そうか。あれはいい女でな。頭はイカれてるが……」

そのとおりなので、フィルはまた笑った。

「かわいい奴でな。ちょいとオカしいが」

「あなたを愛してらっしゃる」

「かもな。いい女だ」

「息子さんと最後にお話しになったのは、いつなんです？」

「忘れた。十年……十年前か……五年前だったか。これもダメになってしまった」

「記憶が？」

「時の流れが分からない。記憶はあるんだが、はっきり、いつと分からないんだ」

「分かります」

「分かるだと？　クソッタレ、分かるもんか！」

「前にも経験があるので」

「わしのようなボケ患者の経験がか？」

「そんな……」

「とぼけやがって」

「どうして、〝クタバレ〟とか〝クソッタレ〟とか〝やがる〟とか、そんな言葉ばかり使うんです？」

「一つ頼みがあるんだ」

「おっ死ねとでも？」

「そうこなくちゃ……もうダメだ、耐えられん」

「またモルヒネを？」

「電話をしたい」

「誰にするんです？」

「手遅れになる前に……あいつは今、どこに？」

「誰がです？」

「ジャックだ」

「息子さんですか？　電話したいんですね？　番号を教えてくだされば、僕が電話しますよ」

「あんな奴、ほっとけ。あいつは大バカ野郎だ」

アールの言葉を額面通りに受け取ってはいけない。もともと、かなりのあまのじゃくなのだ。しかも、今はモルヒネで意識ももうろうとしているのだ。

アールは、すぐに付け加えた。

「フィル、ここへ」

フィルは、言われたとおり、アールの口元に耳を近づけた。

「こんなザマは、もうたくさんだ。この世で最後の願いがある。臨終の床《とこ》に横たわる男の願いだ」

フィルはうなずいた。

「捜し出してくれ……フランク……名前はフランク・マッキー……」

「フランク・マッキー……それが息子さんなんですね？」

「わしの苗字《みょうじ》じゃない。リリーを……」

アールは聞いたこともない人の名前を口走ったが、打ち消すように最後に、

「捜すんだ」と言った。

そして、懸命に手を伸ばした。

「タバコを……」

フィルはアールの指の間から、あるはずのないタバコの吸いさしを抜き取った。

4

真っ暗なステージに、荘厳なリヒャルト・シュトラウスの『ツァラトゥストラはかく語りき』が鳴り響いた。と、ステージに白光のスポットが当たり、フランク・マッキーの引き締まった体が浮かび上がった。

場内のざわめきは潮が引くようにぴたっと止まり、その凛《りん》とした静寂を色に変えたような、フランクのマリン・ブルーの瞳《ひとみ》が光った。

「〝誘惑してねじ伏せろ〟」

ヘッドセットのマイクを通して、フランクの声が場内に響きわたった。場内には拍手が湧《わ》き起こった。

「イチモツを敬い、おマンを手なずけろ。飼い馴《な》らすんだ」

また拍手や、いいぞという歓声が湧いた。

暗闇《くらやみ》に浮かび上がるフランクの姿は、ナチ党員だった天才指揮者カラヤンの若き日を思い起こさせ、ひっつめた髪やあごの張った精悍《せいかん》な顔はネイティブ・アメリカンの戦士のようにも見えた。

「俺《おれ》が教えるテクニックで、ぶつかっていくんだ！　そして、ノー！　と言え。俺を支配するだって？　ノーだ！　俺の魂を抜くだって？　ノーだ。そんなことじゃ、このゲームに勝てんぞ。男と女の関係はゲームだ」

「イェー！」

また拍手喝さいが巻き起こる。

「学校時代を思い出せ。心を奪われたデカパイのメリー・ジェーンを。イチモツを安売りするな！」

目に余る女性上位時代にあって、最近のアメリカでは、男性の復権を願う潜在願望が、このフランクのセミナーに弾みをつけていた。会社では嫌な女の上司にアゴで使われ、家に帰れば女房に頭が上がらない。この〝誘惑してねじ伏せろ〟セミナーの参加者は、独身男性だけではなかった。女性恐怖症のあまりゲイに走った男も、両刀遣いで潜在ゲイの不倫男も、もちろん、女性とのつき合いがうまくいかない男も、みな賛同者であった。

「いいか、この考えを頭にたたき込むんだ。〝主導権は俺にある〟〝俺が決める、イエスかノーかを！〟」

「イェー！」

「さあ！　来い！　それは進化論上の事実だ。人類学的にも生物学的にも正しいのだ。全生物に共通の事実。われわれは、男だ！」

確かに生物学的に言えば、環境ホルモンの影響によって生物がメス化している現象が、すでに事実として新聞などでも発表されている。船の沈没時に、まずネズミが逃げ出すように、それは地球の危機を知らせるための、生物学的シグナルなのかもしれない。子孫を繁栄させるための地球の意志かもしれないのだ。

「じゃあ、配られたパンフの最初のページを見てくれ」

みんな、一斉にパンフレットを見た。

「ページのトップに何が書いてある？　そう、まずカレンダーを買え、とある。カレンダーを壁にかけるんだ。そこらへんの店で、九十九セントで買えるが、配られた袋の中を見てくれ。親切にもちゃんと入ってるだろ。俺はそういう男だ。カレンダーは重要だ。どこにでもある物だが、それが君たちの世界を変えてくれる。これはという女には、ジラし作戦をとれ。八日間電話をしない。電話する日は？　カレンダーに印を付ける。その女をモノにしたけりゃ、俺が言うとおりに、決めた目標日を守れ。自分自身に厳しく、目標を定めろ」

フランクは突然、客席の茶色のシャツの男を指名し、どんな悩みを持っているか、事細かに聞き始めた。男は女性とのトラブルをフランクに説明した。

「で、彼女から電話があったんです。新しい男をどう思うかってね」

「君に尋ねただと？　君が愛してることを知っててか？」

「そうです」

「彼女は何て？」

「『あなたに愛を感じてないの』って」

「分かるよ。君の傷ついた気持ち。正直にありがとう」

フランクはふたたび、会場の参加者に訴えた。

「カレンダーに印をつけ、その女、デニーズにこう言ってやろうじゃないか。『よく聞け、イケイケ女のデニーズ。お前の名を書き留めて、お前に警告する。俺のこのレーザー銃と麻酔銃、ＩＣＢＭ弾道弾とバズーカ砲。お前にぴたりと照準を合わせてやる。俺たち兄弟は祝うぞ。五月一日はＶデー。勝利の日だ。六月が来たら、アレをなめさせてやる。八月には、俺のブッといソーセージを口に突っ込んでやる！』とな。目標を守れ。男にだって、我慢の限界ってものがあるんだ」

フランクは、茶色いシャツを着た男に向かって言った。

「君はその彼女を友達と思ってるのか？　困った時には彼女が助けてくれると？　われわれを助け、支えてくれると？　とんでもない。イケイケのデニーズが何だ！」

そこでまた歓声と拍手が巻き起こった。

「ピンクの割れ目を俺に差し出しな」

「イェー!!」

「女の友達が必要になる時もある。いずれ、二十三章で学ぶが、女友達を当て馬に使って、ヤキモチを焼かせる方法がある。それじゃあ、ブルーのパンフの十八ページを開いて」

フランクがそう言うと、会場のライトが少し明るくなった。

「クラスで詳しく教えるので、今は目を通すだけだ。さあ、〝悲劇を演出しろ〟だ。簡単な手だが、草むらに突っこむための効果的な戦術だ。まず電話で女をデートに誘う。七時半はどう、なんていう調子だ……」

煽《あお》るようなフランクの演説は、延々続いた。

バーで男にナンパされた翌日、クローディアのアパートを誰《だれ》かがノックした。クローディアは眠り込んでいる。そろそろ帰ろうと思っていた男は、ろくに服も着ていないような状態でドアを開けた。

ドアを開けると、そこに立っていたのは、身なりのいい銀髪の初老の男だった。が、どこかすさんだような様子が傍目《はため》にも見てとれた。よく見ると、テレビ番組『チビッコと勝負』の有名な司会者、ジミー・ゲイターだった。ジミー・ゲイターが何でこんなところに？　男は何が起きたのか分からず、一瞬戸惑った。

ジミー・ゲイターはぶっきら棒に男に言った。

「クローディアはいるか？」

「寝てる」

おいおい、何だよ、クローディアはジミー・ゲイターの愛人か何かか。こりゃまずいところに来ちまったぞ、と男は思った。

ジミー・ゲイターは、さらに尋ねた。

「ボーイフレンドか？」

「あんた、ひょっとしてジミー・ゲイターかい？」

「ああ、そうだ。君の名前は？」

「レイだ」

「ボーイフレンドか？」

ジミー・ゲイターはしつこかった。

何だよ、何だよ、美人局《つつもたせ》でもあるまいに。

「ただの友達さ」

「そうか」

レイは、それでも驚きを隠し切れなかった。

「ここで何を？」

「父親なのでな」

「え、クローディアのですか？」

「入っても構わんかな？」

「え、ええ、どうぞ」

「すまん」

ジミー・ゲイターは、中に入り、さらに寝室のほうに進んでいった。寝室に入ると、けだるそうなクローディアがシーツから顔を出していた。

「一体何のつもりよ?」

「わたしだ、クローディア、わたしだよ」

「何の用よ?　何でここにいるのよ?」

「話があるんだ。ボーイフレンドが入れてくれた」

「ただの友達よ。アバズレ娘と思ってるんでしょ?」

「誰もそんなこと……」

「何の用なのよ?」

「座って話したい」

「座らないで!」

「お前と話して、今までの誤解を解きたいんだ」

「イヤよ!」

クローディアは、だんだん興奮してきた。

それでも、父親のジミー・ゲイターは引き下がらなかった。

「お前といろいろ話したいことがあるんだよ」

「お断りよ!」

「分かった、それじゃ、日を決めてどこかで会おう。突然で悪かった」

「何で現れたのよ!　〝ふしだらな娘〟と呼びたいの?」

「違うよ。お前をそんなふうに呼ぶなんて、思ってもいないさ」

「あら、ほんと」クローディアは、さらに声を荒らげた。久しぶりに父親が会いにきたというのに、彼女にとっては関係なかった。

「何の用なの！　あたしの家で何をしてんのよ‼」

「静かに。そう興奮するな」

「興奮なんかしてないわ。人をイカれた女みたいに！」

とにかく二人は、久しぶりに会おうが、しょっちゅう会っていようが、寄ると触るといがみ合うのが常だった。にもかかわらず、ジミーは電話もせずに、突然訪《おとず》れたのだ。しかし、ジミーには、それなりのわけがあったのだ。

「わたしは病気なんだ」

「帰って」

「頼む。聞いてくれ。わたしはじき死ぬんだ。この間も倒れてな」

「関係ないわ。さっさと出てって！」

「わたしは死ぬ。ガンなんだ。ガンで死期が迫ってる。骨のガンなんだ」

「くたばれっての！」

「嘘《うそ》じゃない。本当なんだよ。わたしは死ぬんだ」

「出てって！　出てけ！　早く出てけ！　出てくのよ！　早く！」

「母さんも連絡を欲しがってる」

「早く出てって！　ここはあたしの家よ！　出てって！」

クローディアは周りにあった枕《まくら》やら本やらを投げつけた。

父親は悲しそうな顔をして、とっくにいなくなった中年男のように、言葉もなく出ていった。

『チビッコと勝負』で神童ぶりを発揮した〝元〟天才少年のドニー・スミスは、今は、有名なディスカウント・ショップ〝ソロモン&ソロモン電気商会〟でセールス・マネージャーとして働いている。やたらに大きなメガネばかりが目立つ、どこにでもいるただのおじさんになっていた。ポロシャツにネクタイをするというのも変わっていたが、それに輪をかけて毛糸のベストを着るという野暮《やぼ》ったさで、社員の誰《だれ》にも負けなかった。こんな風さいの上がらないドニーではあったが、店の鍵《かぎ》を預けられるなど、アラブ系の社長に、一応信用を置かれていた。

ところが、今日は遅刻して出社するやいなや社長室に呼ばれた。おっかない専務のアビーもデスクのそばに立ち、何やら雲行きが怪しかった。確かに、ここのところ仕入れのミスとか、セールスの不振とか、仕事の上でも失敗続きだったし、プライベートのほうもうまくいってなかった。それにしても社長たちの話には、さすがのドニーも心の準備がまったくできていなかった。早い話が、クビだというのだ。

「ひどすぎるよ、ソロモン。それはないよ!」

「落ち着け、ドニー。仕方ないだろ。というより、当然の処置だ。君はまったく仕事をしてないじゃないか。俺《おれ》が頼んだ仕事を。俺が与えてやった仕事だぞ。それをこなしてないじゃないか。何度も何度も注意した。もう限界だ」

ドニーも、何度も注意されていたのは覚えていた。しかし、クビになるとは思いもよらなかった。ドニーは泣きそうだった。

「無一文の俺をクビにするってのかい？」

「給料はちゃんと払ったぞ！　なのに、君の成績は何だ。まるで給料泥棒じゃないか。君を拾った時、俺は何をしてやった？　君の名を看板に掲げ、セールスを担当させた。〝ソロモン&ソロモン電気商会〟の販売主任だぞ！『天才クイズ少年　ドニー！』とな。名前を利用させてやった。そのうえ給料を払っただろ！　何度もチャンスを与えたのに裏切られた」

社長は唾《つば》を飛ばしながら言った。そばで聞いていた専務も、何度も何度もうなずいた。社長の唾がドニーの唇《くちびる》に、雨の雫《しずく》のようにぽつっと一粒当たったが、今はそんなことを気にしてる場合ではなかった。

「君を信用して店の鍵も預けた。金庫の暗証番号も教えてやった。なのに、車をコンビニに突っ込み、毎日遅刻だ」

そうだ、そんなこともあった。今朝も何をボケッとしていたのか、車でコンビニに突っ込んでしまった。遅刻のことも、そう言われてみりゃそうだ。最近、昨日のことも覚えてない。子供の頃はどんなことだって、看板の電話番号まで覚えてしまうので、恐怖に駆られたこともあるというのに。確かに、ほんと、最近のドニーは変だった。

社長はまだしゃべり続けていた。

「泣きつかれて、金も貸した」

それまでずっと、返す言葉もなかったドニーがやっと反論した。

「あれは返したじゃないか！」

「二年もかかったんだぞ！　そして、二年目に無利子で給料から差し引いたんだ」

ドニーは、また泣きついた。

「ソロモン、お願いだ。クビだなんて、最悪のタイミングだよ。今、最悪なんだよ。借金を抱えてて、仕事が必要なんだ」

独身で、養うかみさんや子供がいるわけでもないのに、どうしてそんなに金ばっかりかかるのか、社長のソロモンにはさっぱり分からなかった。顔はそのスジの人間に見える商売人でも、彼の言うことは正論だった。それに、何のかんの言っても、ドニーにはちゃんと目をかけてきてやったのだ。それなのに、この始末だ。社長が怒るのも無理はなかった。

ドニーはまだ泣き言を並べていた。

「それに、手術費もかかる」

「手術？」

それまで黙っていた、熊みたいに大柄な専務のアビーが、我慢できなくなったのか一言だけ言った。

「歯の手術だよ！　歯の矯正《きょうせい》手術をするんだ」

「矯正だと⁈　歯並びは正常だろうが」

社長が、手を揺すりながら言った。

「矯正手術が必要なんだよ」

四十面下げた男が、いい年をして、何が歯の矯正だ。まったく話にならない奴だ。子供なら話は分かる。小さいうちに歯の矯正をするというのなら。もう成長とは縁遠い、こんな中年男に必要なのは、脳の矯正だろう。それともいまだにこいつは、天才少年のつもりなのか。アビーは、こう言うだけだった。

「ドニー、お前、休暇でタホーに行った時、雷に打たれたろ。あれ以来、頭がおかしいぞ。何が歯の矯正手術だ」

まだ社長のほうが話が分かると思ったドニーは、デスクに座っている彼に訴えた。

「ソロモン、頼む、考え直してくれ」

ところが社長は答えず、専務のほうが言った。

「で、その矯正代はいくらかかるんだ？」

「知らないよ」

「普通、いくらかかる？」

「そんなのどうでもいい」

「俺は知ってるぞ。大体五千ドルくらいかかる。見たことあるから、知ってんだ」

大体、この専務はおせっかいなんだ。それでも、ドニーは黙っていた。

しかし、社長は黙っていなかった。

「まったく腹の立つ奴だ。信じられん。バカも休み休み言え。話にならん。必要もない手術に五千ドルだと？」

「頼む、汗水流して働いてきたじゃないか」

社長は核心をついた。

「その金はどこから持ってくるつもりだ？」

「さあ」

「俺にせびるつもりだったんじゃないか？」

「だって、懸命《けんめい》に働いて……」

ドニーが言いかけたところで、またおせっかいな専務が横槍《よこやり》を入れた。

「手術は忘れろ」

ドニーはついに逆切れした。

「黙れ！　汗水流して働いただろ？　バカッチョめ！」

言葉まで変になってきた。人間、興奮すると誰でもそうなる。

しかし、社長の気持ちはもう固まっていた。

「もういい。鍵を返せ、ドニー」

ドニーは、真っ青になって抵抗した。

「頼む、それだけは……」

社長は死刑台の看守のように手を差し出して、大声で怒鳴った。

「とっととよこすんだ!!」


マーシーの家のクローゼットで発見されたのは、ポーター・パーカーという五十九歳の白人だった。応援に駆けつけた担当の刑事と検死官は、死体から外した指輪三つとドル札を証拠として押収した。

やはりジム・カーリングのにらんだとおり、事件はとんでもない方向へと発展した。あれだけ騒ぎ立てて抵抗したマーシーは、パーカーの女房だった。彼女はすぐに逮捕され、今、警察が身柄を拘束している。してみると、マーシーがやったのだろうか。現場に立ちつくしたまま、ジムはやりきれない気持ちでいっぱいだった。

やがて三人の警官が、近所の聞き込みから戻ってきた。

「管理人の話だと、クローゼットでオダブツになった男は、女の旦那《だんな》だと。別居してて、訪《たず》ねてきてはケンカをしてたそうだ。昨日は息子《むすこ》が……」

刑事が聞いた。

「あの女の息子か？」

「あ、そうです。昨日の夜、ここを訪ねてきて、一晩中怒鳴り合ってたそうで」

「息子は？」

もう一人の刑事が答えた。

「姿を消した」

女性の検死官が、新しい情報を付け加えた。

「ベッド脇《わき》に六十ドルの現金とコンドームの大箱がありました」

「あの女は、かなり好戦的で……」とジムが言いかけたが、刑事がそれを遮った。

「それと、結婚指輪が三つか」

みんな、一体どうなってるんだという顔をしていた。

すると、また検死官が付け加えた。

「管理人の話だと、日夜、男が入れ替わり立ち替わり、来てたそうです」

警官の一人が、言った。

「息子とクローゼットの男は折り合いが悪く、年中、喧嘩《けんか》が絶えなかったとも、管理人は言ってました」

「で、当の女は何と?」

刑事が聞くと、警官の一人が答えた。

「それが、ダンマリなんです」

現場検証が終わってほっとしたジムだったが、事件には謎《なぞ》が多く、釈然としない面持ちで外へ出た。そこで今度は、協力したいという黒人の少年にまとわりつかれて、ほとほと困り果ててしまった。この辺りでキャンディー売りでもやっているのか、少年は大きなアルミの台を持って、ジムから離れようとしなかった。

「ねえ、協力したらいくらくれる？」

「そんな簡単なもんじゃないんだよ、坊や」

「おいらを雇ってくれよ」

「すぐ警官にはなれん。三年間の訓練が必要なんだ」

人の良いジムは、むげに少年を追い返すことができなかった。

「訓練はできてるからさ。ねえ、恵まれない子供を助けると思ってさ、キャンディーを買ってよ」

小さいのにこすっからそうな少年は、一目でジムの人柄を見抜いたようだった。

「悪いがダメだ」

「証言してもいいよ。その代わり、お金を払ってよ」

「学校へは行かんのか？」

「先生が病気で休みなんだ」

どこまで本当なんだか……。

「代わりの先生は？」

「いないよ。それよかさ、事件の話をしてよ」

単なるやじ馬か……。

「俺《おれ》も密告《チク》るからさ」

「ダメだ」

ジムは自分のパトカーに戻りながら、少しきつい調子で言った。すると、少年は開き直って、こんなことを言った。

「警察《サツ》になんか、解決できっこないさ。俺があんたを男にしてやるぜ。俺を信用しな。犯《ホ》人《シ》を知りたいか？」

ジムはパトカーの前で両手を腰に当て、怖い顔をした。

「チビ、こっちへ来い」

来るわけがなかった。少し遠巻きにして、にやにや笑っている。

「いいか、警官をナメるなよ」

「ホシを知ってるんだぜ」

どうせホラだろうが、ジムは少し気になった。

「何だ、笑わせ屋なのか。笑わせてくれよ」

「違うよ、おいら、ラッパーだよ」

ジムは腕組みをしてパトカーに寄り掛かりながら、笑った。

「ほほう、ラッパーときたか。じゃあ当然、レコード契約してるんだろ？」

「まだだよ」

と言うと少年は踊り出し、自作のラップを歌い始めた。

〝ホシを挙げたきゃ、信用しな〟

「鑑別所に行くか？」

「くたばりな」

「おい、言葉に気をつけろ」

「いいから、俺のラップを聞いてくれよ」

「分かったよ」

〝意地を張るのはやめるんだ
俺は預言者
ウジ虫の話をしてやろう
踏みつぶされるのがウジ虫の運命
悪魔から逃げても
上前《うわまえ》をはねられる
痛めつけてもいいタマなら
タマには痛めつけてやるさ
太陽がサボるのを見計らって
神が雨を降らせる計らいだ〟

少年は歌い終えると、ジムに声をかけた。

「どうだい、だいぶヒントになったろ」

ジムはじっと聞いていたが、言葉は汚いし、もともとラップの言葉はよく分からなかった。それに、大した内容でもなかった。ジムはパトカーのドアを開ける前に、少年にこう言った。

「何のこったか分からんが、ありがとよ。アイス・T」

「聞いてたの？」

「聞いたよ」

「ホシを教えたのに、分かってないな！」

「お遊びは終わりだ。こんなところでうろうろしてないで、学校へ行け」

そう言うと、ジムはパトカーに乗りこんでドアを閉め、現場を後にした。まだまだパトロールの仕事が残っているのだ。

少年は、そのパトカーをいつまでも追いかけた。

5

〝小雨　湿度九十九％　南東の風　十九メートル〟

ここのところ、『チビッコと勝負』で連戦連勝のスタンリー・スペクター少年は、スタジオ入りするぎりぎりまで、誰《だれ》もいない学校の図書館であらゆる知識をつめ込むのに余念がなかった。一つでも多くの知識をつめ込んでスタジオに入ろうとする気迫は大人顔負けだった。

ステージ・パパの父親が、学校まで迎えにくることになっている。スタンリーは、借りた本をスーパーのビニール袋の中に何冊も入れて、父親の車にすべり込んだ。

「遅刻だ。早く来い」

雨を避けながら、スタンリーは慌てて車に乗った。

「パパのせいだよ」

「いいから早くしなさい」

車に乗ったスタンリーは、本が雨で濡《ぬ》れなかったどうか、それればかり気にしていた。

父親のリックは、遅れた理由を説明しながら、車を走らせた。

「雨ですべって、足首をねんざするところだった。お前もズブ濡れだな」

「うん」

「スタジオについたら、メイクのお姉さんに、髪をとかしてもらえ」

「うん」

車がテレビ・スタジオに到着するのを、番組のアシスタントのシンシアが今や遅しと待ちわびていた。

「来た、来た」

「遅くなってごめん、シンシア。車が渋滞してて」

シンシアは父親のつまらない言い訳を無視し、雨に濡れた本のことをまだ心配している
スタンリーを気遣った。

「大丈夫よ、本は大丈夫。今日も自信がある、スタンリー？」

スタンリーは、元気に答えた。

「うん」

「じゃあ、いいわね？」

「うん」

ただでさえ慌ただしいスタジオの中を、スタンリーと父親とシンシアの三人は、スタッフの波を避《よ》けるようにして楽屋に向かった。

廊下を歩く間、父親のリックは、シンシアに自分を売り込もうとする。

「ねえ、例のコリー・ハイムとかいう子役が出てる学園ドラマの関係者に、知り合いいないの？　知ってたら、紹介してほしいんだ」

リックは、これでもれっきとした俳優だった。売れてはいないが。

「知らないわ」

シンシアの返事はそっけない。彼女はスタンリーの心配ばかりしていた。

スタンリーは、いっしょに出演している子供のことを心配していた。

「ねえ、リチャードとジュリアは？」

「ええ、みんな楽屋に来てるわ。いつでも行ける態勢よ。じゃ、後でね、リック」

リックは、最後にスタンリーに声をかけた。

「じゃあ、しっかりな、男前」

「うん、頑張るよ」

「愛してるよ」

スタンリーとシンシアは、親たちの控え室に向かう父親と、そこで別れた。親は、専用の控え室で本番中の番組をモニターすることになっている。そこに閉じ込めておかないと、生放送のスタジオの中に入ってきて、あれこれ子供にやかましく言うに決まっている。それを防ぐためにスタッフが設けた、親のための檻《おり》なのだった。

リックはすれ違った番組のスタッフに声をかけた。

「やあ、ピーター」

だが、相手はピーターではなく、ディックだった。

「しまった、ディックだった。畜生、いつも間違える」

リックは、ドジな自分を呪《のろ》った。

控え室に入ると、ズブ濡れになったことをまずボヤいた。

「外はどしゃ降りだ。こんな降りは珍しいな。エルニーニョだか、何だか知らんが」

両親共に来ている家庭は少なかった。二人で来ていても、ほとんどが再婚だ。そういう意味では、肩身の狭い思いをしないで済んで、リックは内心ほっとしていた。もっとも、そんなことを気にするタイプでもなかったが。とにかく、子供が長い間勝ち抜くと、いろいろなことが分かってくる。番組が終わっても、リックはここに出入りしたいと願っていた。

　メイクを終えてスタジオに向かう途中、スタンリーはアシスタントのシンシアに聞いた。

「ねえ、報道部ってどこにあるの？」

「上よ」

　シンシアは、にこやかに答えた。

「行ったことある？」

「もちろんよ、なぜ？」

「ねえ、天気予報は気象庁から届くの？　それとも、局内に観測施設があるの？」

「調べるわ」シンシアは、好奇心おう盛なスタンリーに微笑《ほほえ》んだ。「後で見学に行ってみましょ。雨だから気になったの？　そうやって、いろんなことを調べるの？」

「分からない」

「分からない？　あなたは勉強家ね。何にでも興味を持つんですもの。あたしには、雨は雨だけど。ねっ、単純でいいでしょ」

　本番二十分前のスタジオ内には、さすがに緊張感が漂っていた。司会者のジミーは、台本がまだできてないので、イライラしていた。アシスタントのメアリーが、控え室のジミーに言った。

「奥様から電話よ。これが今日の台本」

ジミーは不服そうに言った。

「やっとできたのか」

「すみません。あと二十分で本番です」

ジミーは、妻のローズからの電話に出た。

「はい、もしもし」

〝どう、調子は？〟

ローズが酒を飲んでいることにはすぐに、気づいたが、ジミーは口に出さなかった。妻が、ジミーのガンのことで苦しんでるのは痛いほど分かっていたからだ。

「もう飲んでるよ」

〝少しずつ？〟

「一気にグイッと」

〝終わったら、まっすぐに戻ってね〟

「実はね、今日、クローディアに会いに行ったんだ。どっかのバカが、パンツ一枚で出てきやがった。それも五十男だよ。テーブルにはコカインやら何やらが置いてあったし」

ジミーは、そう言いながら、誰かに聞こえはしないかと辺りを見回した。幸い、本番前でそれどころではなかった。アシスタントのメアリーでさえ、もうどこかに姿を消していた。

〃で、話したの？〃

「狂ったようにわめいてね。まるで話にも何もならないんだよ」

〃あの話はしたの？〃

「本番で時間がないんだ。その前に気付けの一杯をやらなくちゃならんし」

〃愛してるわ〃

「わたしもだ」

電話はそこで切れた。

カーテンを閉めきったクローディアの薄暗い部屋からは、ステレオの大音量が漏れていた。

（やれやれ、殺人事件の後は何だ？　騒音の苦情か。大したことじゃないな。しかし、気を抜いちゃいかん）

ジム・カーリングはそう言い聞かせながらパトカーを降り、雨の道を、通報のあったアパートの部屋に向かっていた。

警察が来てるとは知らず、クローディアはいつものようにシャワーを浴びながら、またコカインを決めていた。

と、クスリのやり過ぎで、音に鈍感になったんだろうか、ロックの激しいビートの向こうで、ドアをたたく音を聞いた気がした。

気になって居間に出てみると、案の定、誰《だれ》かが激しくノックしていた。

「誰なの?」

「警察だ!　ここを開けて!」

「待って!　今、何か着るから!」

そう言うとクローディアは、コカインの痕跡《こんせき》を消すため、慌ててバスルームへ戻った。気が動転して、何をどこにしまっていいか分からない。パニック状態のまま、何とか隠したが、警察の声とノックは収まらなかった。

「ドアを開けろ!」

クローディアは、何かまずいものが残ってないか見回したり、あれこれ片付けたりしながら、大声を出して必死にごまかした。

「聞こえなかったの!　今行くと言ったら、行くわよ。服を探してるの!　裸なんだから!」

「早く開けろ!」

「分かったわよ!」

何とか片付けて、クローディアはドアを開けた。懸命《けんめい》にこらえたが、それでも息は荒かった。

「ごめんなさい。服に着替えてたもんだから」

「あなたは、ここの住人で？」

ジムは、出てきた相手がびっくりするほどの美女だったので、少したじろいだ。

「ここに一人で？」

「そうよ！」

「他《ほか》に誰もいないんですね？」

「そうだってば！」

ジムは、これはデートじゃないんだ、仕事なんだと自分に言い聞かせながら続けた。

「それじゃあ、まずですね、音楽を低くしてくれませんか。話がまともにできないんで」

クローディアは部屋に戻り、ボリュームを下げた。

「入っても構いませんか？」

「どうぞ」

クローディアは、ジムを中に入れた。

「隣り近所が心配を」

「ごめんなさい」

コカインのことでないと分かるとほっとしたのか、クローディアの口調は穏やかになった。

「一人住まいで？」

「ええ」

「お名前は？」

「クローディアです」

「クローディア、何と？」

「ウィルソンです」

「よろしい、クローディア・ウィルソンさん、耳を悪くしますよ」

ジムは、部屋の中をあちこち確かめながら、事情を聞いた。ステレオの音は下がったが、テレビの音量はまだかなり大きかった。

「聞こえた？」

「聞こえたわよ、なぜ？」

「こんなボリュームで聞いてると、耳を悪くする。自分の耳だけでなく、近所の人の耳まで悪くなる」

「そんなに大きいとは気づかなかったわ」

「ほら、それがもう耳の悪い兆候だ。それにテレビもついてる。テレビと音楽をいっしょに聞くのかね」

「さあね。だって、それが何なの？」

「何かクスリでもやってるのかね？」

クローディアはどきっとしたが、表情には出さなかった。

「まさか」

「じゃ、酒を？」

「イヤだ！」

クローディアはくすくす笑った。普段なら、あれこれ詮索《せんさく》されると腹が立つし、かなり緊張していなければならない状況なのに、この警官と話していると、不思議と心がなごむのだ。

ジムは続けた。

「近所から苦情があってね。まず音が大きいのと、怒鳴り声が聞こえたというんだな。誰かと、口論してました？」

「ええ。会いたくない人が訪《たず》ねてきたから、帰ってと言ったの。それだけよ。もう帰ったわ」

「恋人？」

「違うわ」

「じゃ、誰が？」

「それは……」とクローディアは一瞬、言葉をのんでから答えた。「とにかく、もう帰ったわ。もういいの、片が付いたから」

「念のため、部屋の中を調べてもいいかね？」

「どうぞ。でも、何を探してるの？」

ジムは、少し真顔《まがお》になった。

「クローディア、質問するのは僕だ。君はそれに答えればいい。君を助けることが、僕の仕事なんだからね」

6

夫の死が刻一刻と迫るのを肌で感じていたリンダは、精神的に不安定な状態に陥っていた。いてもたってもいられない彼女は、我慢できずに、かかりつけの精神科医、ドクター・ダイアンを訪ねていた。

「わざわざここまで出向いて、話もできないなんて、お話にならないんだけど……」

「いいのよ。あなたのつらい気持ち、分かるわ」

ダイアンは、やさしく微笑《ほほえ》んだ。

「何がなんだか、頭が混乱して。もうシドロモドロだわ。何をどうしていいのか、さっぱりなの」

「だから、薬がなくなって、取りにきたのね」

「そうよ、ありがとう」

リンダはそう言うのが精一杯《せいいっぱい》だった。

アールから息子《むすこ》を捜すよう頼まれたフィルはあちこち電話をし、やっとつかんだ情報を元に、いつも利用している通販会社に電話をかけた。ピンク・ドットという会社で、日用品を何でも宅配してくれる便利な会社だった。

「あ、どうも。配達をお願いしたいんだけど。電話は818－725－4424……」

〝パートリッジさんですね？〟

受付嬢が出た。

「そう」

〝ありがとうございます。で、ご注文は？〟

「えーっと、その、まずピーナッツ・バターを一瓶《びん》。それから、タバコのキャメル・ライト。それと、水を」

〝瓶入りで？〟

「やっぱり、水は要《い》らない。その代わりに、ホワイト・ブレッドを」

そこでフィルは、あまりの恥ずかしさにかすかに笑った。目的のためとは言え、慣れないことをしなければならないので、心臓がどきどき鳴っていた。

〝分かりました〟

「えーっと、その、あの、雑誌の『プレイボーイ』はある？」

〝はい〟

「じゃあ、それを一冊。それから、『ペントハウス』は？」

〝ございます〟

「じゃあ、それも……それから、『ハスラー』は？」

注文は、どんどんどぎつい雑誌に変わっていった。

〝ございますが〟

「ほんとに？」

〝あると言いましたけど〟

「あ、ああ、じゃあ、それも」

〝じゃあ、ピーナッツ・バターとパンとタバコはやめますか？〟

受付嬢は、何か誤解しているようだった。

「いや、もちろん買うよ」

〝三十一ドル九十セントです。三十分以内に届けます〟

「ありがとう」

〝現金ですか？　それともカードで？〟

「現金だ」

〝ありがとうございます〟

「こちらこそ」

フィルは、そこで電話を切った。

午前中のセミナーを終え、昼食のために控え室に戻ってきたフランク・マッキーを、話題の人物に早速目をつけたテレビのインタビューが待ち構えていた。インタビュアーは、押しの強そうな黒人の女性だ。上のスイート・ルームでは数人のスタッフがテレビ・カメラをセットしたり、撮影のための照明器具を設置したりと、収録の準備を進めていた。アドレナリンが駆け巡っているフランクは、控え室に戻ってきても興奮冷めやらぬ状態だった。仮にも女性がいるというのに平気でパンツ一枚になり、べらべらしゃべり続けた。アシスタントのキャプテン・マフィーが彼女を紹介した。

「あ、こちら、『ショー・プロフィール』という番組のグウィネヴィアさんだ。彼女がインタビューする」

グウィネヴィアがあいさつした。

(何が、グウィネヴィアだ。とすると、俺《おれ》はさしずめ旦那《だんな》のアーサー王か。黒人のグウィネヴィアもないもんだ)

「どうも。よろしく」

フランクは着替えながら、彼女に言った。

「いつも見てるよ」

「カメラは、階上《うえ》のスイートに用意しました」

一行はスイートに移動し、早速インタビューが始まった。

「ここにいると危険だよ。セミナーが終わった後の俺は、バットマンにでもなった気分なんだ。俺はスーパーマンだ」

フランクがオーバー・アクションを交えて言うのを、キャプテン・マフィーはにやにやしながらそばで見ていた。

フランクはゴージャスな造りの部屋をちらっと見回し、やっとソファに腰かけ、話し始めた。

「このまま街に出ていって、今なら道で出会うどんな女でも、たった一秒で引っかけられるね。たった一秒、一目で引っかかる。俺をちらっと見て、次の瞬間には俺に抱かれてるんだ。アヘアへやってるってわけさ」

向かい側のソファに座ったまま、グウィネヴィアは、張りきるフランクの様子を冷ややかに見ていた。

フランクのハイな状態は、まだ止まらなかった。

「セミナーで話すと、いつもこうなるんだ。自分が信じることを語り、自らそれを実践する。自分が説《と》くことを自らに課す。だから、四方八方、おマンだらけ。勝利するのは、マッキー・チームだ！」

グウィネヴィアは、そばにいたスタッフに指示を送った。

「カメラを回して」

フランクは、不満そうだった。

「なんだ、回してなかったのか。せっかくいいことをしゃべったのに」

気を取り直して、フランクは続けた。

「俺がフランク・T・J・マッキーだから、モテるんじゃない。そこを間違えるな。俺を憎んでる女もいるんだ」

聞き役に徹していたグウィネヴィアが、やっと口を開いた。

「まさか、信じられないわ」

「名が売れてるだけに、難しいんだよ。女のほうは、俺が誰か、どういうことを説いてる男か知ってるからな。だから、女友達にこうしゃべる。『あんな男、大したことないわ。あたしは寝ないわ』ってね。だから、俺は速攻勝負なんだ。エンジン全開で突っこむ。あっちで一発、こっちで一発。ヤバい弾《たま》は避ける。テロリストの女どもとかな」

グウィネヴィアが、スタッフのほうを見て言った。

「落ち着いて、始めますよ。マッキーさん。楽に座って、胸にマイクをつけて」

スタッフが、フランクの胸にピン・マイクをつけた。

「じゃ、始めましょう」いよいよ本番だ。

「それじゃあ、まず……」

「待って」とフランクが言った。

と、同時に、グウィネヴィアはフランクのシャツの胸元がはだけていることに気づいた。

「ボタンを」

フランクは、グウィネヴィアの目をじっと見ながら、こう尋ねた。

「何を知りたいんだ？」

〃ソロモン＆ソロモン電気商会〃をクビになったドニー・スミスは、その夜、落ち込んだ気分を少しでも晴らそうと、行きつけの〃スマイリング・ピーナット〃というバーに寄った。

「しっかりやれよ、ドニー！　頑張れ！」

ドニーは自らを鼓舞した。

が、店内に入るといつものドニーに戻ってしまった。テレビのあるカウンターには別の常連客が二人ばかり座っていたが、ボックス席には誰もいなかったので、ドニーは奥のボックス席に陣取ることにした。

小太りで愛想のない女が、うんざりした顔で注文を取りに来た。

「また戻ってきたのね？」

「あ、ああ、まあね」

「何にする？」

「ダイエット・コーク」

女はますますうんざりした顔で、カウンターのほうに戻っていった。

そのカウンターの向こうには、ドニーが心秘《ひそ》かに想い続けている、バーテンダーのブラッドがいた。ぴったりとしたシャツで、鍛え上げた肉体を誇示している彼は、若くてハンサムだった。にっこり微笑むと、見事な矯正用のブリッジがのぞく。そう、かつてはここ、サン・フェルナンド・ヴァレーのお子様御用達だった、あれだ。

ドニーはそのブリッジをうっとりと見つめながら、自分の歯を指でなぞった。彼が矯正手術を受ける決意をしたのは、ブラッドが原因だったのだ。ドニーはゲイだった。

しかしカウンターには、いかにも好色そうな身なりのいい白髪の紳士がおり、ストリップのかぶりつきのようにブラッドに色目を使っている。バイクがどうのと、話の内容は大したものではなかったが、明らかにあの初老の男はブラッドに言い寄っていた。その雰囲気は、その筋の人間にしか分からないことだった。

そこへさっきのカクテル・ホステスが、ダイエット・コークを持ってきた。

「はい、ダイエット・コークよ」

「テキーラもくれ」

ドニーは、面白くなさそうに言った。

「ブランドは？」

「何でもいい」

女は、ますます面白くなさそうに戻っていった。

本番を目前にしたスタンリーは、同じチビッコ・チームの女の子のジュリアとデブチンのリチャードといっしょに、スタジオへ通じる廊下を歩いていた。後ろからは、アシスタントのシンシアもついてくる。スタジオの裏は、結構、ゴミゴミしてるもんだ。

スタンリーはチビッコ・チームのキャプテンも同然で、ここまで一人でみんなを引っぱってきたというのに、他《ほか》の二人はあまり感謝してなかった。それどころか、お前が答えるのが当たり前という顔をしているのが、スタンリーには面白くなかった。しかし、ジュリアとリチャードがそう思うのも当然で、スタンリーと二人の実力は、まさに天と地ほども差があった。だから、お前が答えるのが当然だ、と思われても仕方がないのかもしれない。したがって、三人の中にあっていちばん仲がいいのは同じ穴のリチャードとジュリアで、スタンリーは少し浮いていた。

しかし、そこはそれ、子供のことだ、いざとなると屈託はなかった。

廊下を歩いている間中、ジュリアはリチャードとしゃべっていた。

「じゃあ、学校の宿題やってんの？」

「番組とオーディションで、学校へはあんまり行ってないんだ」

スタンリーがこう言った。

「僕は授業にもう出てないよ」

「じゃ、何してんのさ？」

と、リチャードが聞いた。

「『図書室でひとりで本を読んでていい』って」

「わあ、メチャかっこいい」

リチャードは、単純だった。

こまっしゃくれたジュリアが、スタンリーに尋ねた。

「エージェントはいる、スタンリー？」

「いや」

「雇うと仕事が増えるわよ」

「たとえば、どんな？」

「ＣＭとか、クソみたいな仕事さ」

リチャードが汚い言葉を使ったので、シンシアがたしなめた。チビッコ・チームのアシスタントは、しつけ係も兼ねているのだ。

「取り消すよ、シンシア」リチャードは、今度はスタンリーに言った。「ＣＭの商品ももらえるんだぞ」

ジュリアが付け加えた。

「テレビ・ドラマやＭＯＷもね」

「ＭＯＷ？」

天才スタンリーは、業界用語が苦手だった。

「今週の映画劇場《Movie of the Week》よ。コリー・ハイムに会ったわ」

リチャードとジュリアは、業界ずれしていた。

「君、レギュラー？」

「そのうちね」

「じゃ、クイズで記録を作ればいいじゃん」

「失礼ね。あたしは女優よ」

「よく言うよ、怪しいもんだ」

本番前なので、シンシアが制した。

「さあ、みんな、おとなしくして」

そのシンシアに、こんな時になって、スタンリーが深刻な顔で訴えた。

「シンシア？」

「何？」

「あと本番まで時間どのくらい？」

「あんまりないわ。なんで？」

「トイレに行っておかないと」

「我慢できないの？」

「分かんない」

「我慢して。大丈夫よ」

子供たちがスタジオに入るとフロア・ディレクターがキューを出す。観客全員が拍手した。拍手の練習をしているのだ。カメラマンはカメラを上げたり、アシスタントはコードをまとめたり、みんな忙しそうに働いている。

いよいよ、対する大人チームがスタジオに入ってきた。大人の解答者の面々が入場するのが見えても、拍手する者は一人もいなかった。やはり、メインは子供たちなのだ。

解答者の一人、ヒスパニック系のルイスは、パネルの裏を通る時にもぶつぶつ言っていた。いっしょに出る相手に話しかけるというより、自分に言い聞かせているような感じだった。

「スポーツは任せろ。野球とか、その他のスポーツもな。数字に関係あることは俺に任せてくれ。それと、ミルクと乳製品関係。そっちも自信がある。ヤギの乳とかヤギのチーズとかな。それにしても満員だな」

ルイスは、満員のスタジオをちらっと見た。

「とにかく、そういうテーマなら俺に振ってくれ」

ちょうどアシスタントがいたので、ルイスは注文をつけた。

「低脂肪ミルクを一杯くれないか。氷を二つ、三つ入れて」

チビッコ・チームは大人たちの顔ぶれを覗《のぞ》きに行き、カーテンの陰からこっそり見た。

リチャードが言った。

「あんな奴らか」

スタンリーは、少し不安そうだった。

「強そうかな？」

ジュリアが一言で断じた。ジュリアは、自分はほとんど何もしないのに、いつも強気だ。

「ぜんぜんだわ」

三人は、パネル席に近い幕の袖《そで》で小作戦会議を開いた。

「どういうつもりで、あんな連中を出したんだろ？　負かしに来る気かな？」

とリチャードは、首をひねった。

「かもしんないよ」

相変わらず、スタンリーは慎重だ。

「新記録達成二日前に負かせるかあ？」

リチャードは、自信たっぷりだった。

「負かすつもりだったら、ハーバードのSWATチームとか、そういう訳の分かんない、強いチームを送り込んでくるはずさ」

司会者ジミーの控え室に、プロデューサーのバートが呼びに来た。

「本番だ」

ジミーは、妻のローズにも言っていたように、本番前の気付けに控え室でウィスキーのストレートを飲んでいた。

「最低だよ」

バートは、また聞いた。

「大丈夫かい？」

「ダメだね」

ジミーは冗談めかして言ったが、半分、本音だった。

「良かった」

バートは本気にはしていなかった。

スタジオに向かう廊下で、バートはジミーに聞いた。

「進行表、見るかい？」

「三十年やってるんだぞ」

さっきまで弱気になっていたジミーだったが、自分で言った最後の一言が、自らにハッパをかけた。

スタジオの入口の前には茶色の幕が引かれ、ジミーの「出番」を待っていた。観客には見えないその幕のこちら側で、ようやくジミーの顔に三十年間培ってきた自信に満ちた表情がみなぎった。プロデューサーはそれを見て、思わずにやっとした。

7

ボックス席にいたドニーは、飲みつけない酒が入ったせいもあって、サーストンという銀髪の男のとなりに接近し、止まり木にどすんと腰を下ろした。

（他にいくらも席は空いているのに、変な男だ）

サーストンは思ったが、事を荒だてるようなタイプではなかった。バーテンのブラッドは、さっきからグラス磨きに余念がなかった。サーストンは、ブラッドをちらちら見ながら、タバコの煙をくゆらせていた。

「懐が温かそうだな」

ドニーは、サーストンにいきなりこんな無礼なことを言った。

「友達のブラッドに会いにきたのさ」

サーストンは、こういう酔っぱらいのあしらい方を、ある程度は心得ていた。それほど乱暴を働くようなタイプには見えない。暇を持て余していたこともあり、退屈しのぎに話に乗ってやった。

「それは脅迫かね?」

「俺《おれ》にも恵んでくれないか。金だよ。金、金、金」

サーストンは、まだ余裕しゃくしゃくだった。

「あんたには愛があるかね?」

ドニーは、酒臭い息を吐きかけながら言った。サーストンは一瞬、顔をしかめたが、タバコの煙で何とかごまかしながら答えた。

「わたしは愛にあふれてるさ。君にも愛を感じてる」

「本物の愛かね?」ドニーは、カウンターの中でまだグラス拭《ふ》きに夢中になっているブラッドのほうを見ながら、べらべらとしゃべりまくった。「とらえ難い喜びを感じる愛か?

みぞおちにキュッときて、神経が高ぶって、幸せでありながら、同時に傷つく愛か？　夢見心地で……？」

　サーストンも、同じようにブラッドのほうを見て言った。

「酔っぱらいの話は、少々意味不明だが、君の言っているような愛……わたしは大歓迎だね」

「俺には愛がある」

　ドニーはまた言った。

「おしゃべりな愛だな」

　サーストンは辟易《へきえき》としてきた。

「マジだよ。俺には愛があるんだ」

「だから、真面目《まじめ》に聞いてるだろ？」

「俺はドニー・スミス。あり余るばかりの愛があるんだ」

　サーストンは、どうも意味が分からず、それ以上何も言わなかった。


　アールのために、激痛を和らげる液体モルヒネを処方してもらったまでは良かったが、精神的に追いつめられていたリンダは、ドクター・ダイアンに大量の精神安定剤の処方箋《しょほうせん》をうまく書いてもらっていた。そして、早速、処方箋薬局に駆け込んだのだが……。

　数枚にわたる処方箋を見せたとたん、若い薬剤師は、ぎょっとした。劇薬ばかりの上に、その量に驚いたからだった。そして、思わずこう口走った。

「ワオ、すごい量ですね」

薬剤師は、ちらっとリンダの顔を見た。

リンダの顔には血の気がなく、はやる気持ちをこらえるために、少し震えていた。

スタジオでは、フロア・ディレクターが宣言していた。

「本番三十秒前です！」

その瞬間、スタジオ内に独特の緊張感が走った。

パネル席にいたスタンリーは、さっきから一言も口をきかず、おとなしかった。

いち早く気づいたのは、リチャードだった。

「どうしたんだよ？」

スタンリーはおずおずと言った。

「トイレに行きたい」

ジュリアは、白目を見せて、天を仰いだ。

「まったく、スタンリーったら」

親たちの控え室では、スタンリーの父親が天才を生み出した自信からか、他《ほか》の親たちに聞いたふうな教育論をぶちまけていた。

「だめ、だめ、そんなことしちゃいけないよ。口調は高圧的でなく、柔らかくなくちゃ。

子供は、それで納得《なっとく》するんだ。『友達と外で遊ぶのは、部屋を片付けてからだ』とね」

ジュリアの母親が言った。

「娘の部屋も同じ。ちらかしっ放し」

父親も言った。「何しろ、ドレスが多過ぎてね」

また母親が言った。

「学校へまで、おめかしよ。こう言うのよ、ファッション・ショーじゃないんだからって。まったく、困ったもんだわ」

スタンリーの父親が、本番前のモニターを観ながら言った。

「さあ、みんな、大金を稼がせてもらおうぜ！」

スタジオの入口の中央の茶色の幕の前で、一瞬の孤独を味わいながら、司会者のジミー・ゲイターは祈るように立っていた。横に控えていたプロデューサーが言った。

「気分は？」

ジミーは、ちょっとわけの分からないことを言い出した。

「台本にもある。〝過去を捨てても、過去はわれわれを追ってくる〟だよ」

「〝今日も公平なクイズ番組を〟さ」

「暗記してるよ」

そしてスタジオの中では、フロア・ディレクターが本番五秒前のカウントダウンを始めた。

〈五、四、三、二……〉

番組のテーマ曲《ジングル》が流れ、大きな拍手が巻き起こった。

いよいよ番組の始まりだ。

同時に、盛り上げ役のナレーターが、番組の進め方の説明をかねて、拍手の向こうで叫んだ。

〈今日も生放送でお送りする。『チビッコと勝負』！〉

メイン・カメラが、クレーン・アップした。

〈今年で三十三年目の全米一の長寿クイズ番組です！　三人のチビッコが三人の大人に挑戦。では、現在の勝者は？　連続八週間の勝者はチビッコ・チームの、リチャード、ジュリア、そしてスタンリーの三人です！〉

緑の幕の向こうから舞台がぐるっと回ってくると、パネル席には小さなスタンリーたちがちょこんと乗っていた。

画面に、スタンリーたちの顔が大映しになった。

〈対する大人チームは、ミムとルイスにトッド！〉

さきほど、乳製品がどうとか言っていたのがヒスパニック系のルイスで、いかにも白人然としたおとなしいトッドと、紅一点のミムの三人だ。やはり、回り舞台が回転して、登場した。

ナレーターの声がひときわ高くなる。

〈それでは、ご紹介します。長い人気を誇る当番組のホスト、ジミー・ゲイターです!!〉

ジミーがスタジオ内を一巡してホスト席につくまで、ナレーターがさらに盛り上げた。

〈信じられないチビッコ・チームが、何と八週！　あと二週勝ち抜けば、この全米一の長寿番組の挑戦記録を樹立。番組提供はＰＴＡと全米教員財団です。難度の高い難問ぞろい。それがこの番組の長寿の秘訣《ひけつ》でしょう。とにかく、恐るべきチビッコたち。しかし、今日は予断を許しません。楽屋で大人チームに会いましたが、手ごわそうなチームです。では、いよいよ始まりです！〉

チビッコ・チームも大人チームも全員息をのむ。

いよいよジミーから問題が出される。

「第一ラウンドのカテゴリーは三つ。点数は二十五ドルから二百五十ドルへはね上り、ボーナス・クイズもあります。三つのカテゴリーとは、〝作家〟〝素粒子理論〟〝洗剤〟です。先攻は大人チームです。では、キャプテンのミムから……。

第一問は二十五ドル……。

では、問題です。

『開拓者たち』を書いた女流作家は？」

ミムは答えられなかった。すぐにチビッコ・チームのスタンリーがボタンを押す。

「ウィラ・キャザー」

チャイムがピンポーンと鳴り、正解。

ジミーは、次々に問題を読み上げる。

「正解……凄惨《せいさん》な悲劇を得意とした劇作家は？」

解答権のあるスタンリーが答えた。

「トーマス・キッド」

「正解！……劇作家で俳優だったフランス人は？」

「モリエール」

「答えはフルネームで」

「ジャン＝バプティスト・ポークエリン・モリエール」

またまた正解だった。まさに天才クイズ少年。

相手側のトッドも、それを見て苦々しそうにつぶやいた。

「クソ、なんてガキだ」

楽屋でモニターを見ていた父親のリックも、思わずつぶやいた。

「まったく、すげえ子だな。いったいこんなこと、どこで覚えてくるんだろ。まったく、天才としか言いようがないな」

リックの言うとおりだった。

8

『チビッコと勝負』の本番が始まってから、何かが、どこかが軋《きし》み始めていた。それは気温とか湿度とか気圧とか、そういう気象学の数字で表わせるようなものでは、もちろんなかったし、普通の人から見れば、いつもの日常と何ら変わるところはなかったろう。そういう意味での軋みだった。

いや、それとも、さっきから延々と降りしきる雨のせいだろうか。それとも、雨を降らせている何かのせいだろうか。

それを裏付けるかのように、殺人容疑でロサンゼルス警察に身柄を拘束されたマーシーは、自宅のアパートであんなに毒突いていたのとはうって変わって、ダンマリを決め込んでしまった。夫を殺してクローゼットに隠すという残虐《ざんぎゃく》極まりない事件の犯人のせいなのか、それとも、他《ほか》に犯人がいてその身をかばうためなのか。

今はすっかり落ち着きを取り戻して真っ白な取調室に座っている彼女に、刑事が尋問を繰り返していた。

「息子《むすこ》さんの居所を知りたいんだよ、マーシー」

雨の雫《しずく》が降りかかっても、まばたき一つせず岩にへばりついている大きなカエルのように、マーシーもまばたき一つせず黙り込んでいた。明らかな黙秘権の行使。刑事のそばにいた制服警官が、しつこくマーシーを責めていた。

「ジェローム・サミュエル・ジョンソンが、あんたの旦那《だんな》と喧嘩《けんか》してなかったか？　それが通称ウジ虫、つまりあんたの息子なんだろ？」

〝ウジ虫〟？

あの黒人少年のラップに出てきた名前ではないか。

ジムは、どうせ近所の子供のたわごとだぐらいにしか思っていなかったが、あの少年が犯人を見たというのは、まんざら嘘《うそ》ではなかったのか。いや、それどころか、あの少年は、〝ウジ虫〟の弟か、あるいは〝ウジ虫〟の子供、つまりマーシーの孫かもしれないのだ。

刑事がまた言った。

「奴が旦那と喧嘩してたんだろ？」

警官がサイド攻撃をしかける。

「通称〝ウジ虫〟のしわざなんだろ？」

刑事と警官が交互にたたみかけた。

「息子の居場所を知りたいんだよ、マーシー」

「それが〝ウジ虫〟なんだよな？」

「われわれを助けてくれんか？」

「〝ウジ虫〟なんだろ？」

警官は〝ウジ虫〟の一点張りだった。

「われわれは息子さんを助けたいんだよ。その手助けをしてくれんか。息子を助けたいだろ？　孫も助けたいだろ？」

一切口を開こうとしないマーシーにとって、どんな質問もカエルに降りかかる雨の雫と変わりがなかった。

雨は降り続いていた。

もちろん、テレビ局の屋根の上にも、夫の様子をテレビで心配そうに見る妻のローズの自宅にも、リンダが足止めをくっている処方箋薬局にも、苦痛に身もだえするアールと介護人がいる豪邸にも、カウンターで元神童のいる〝スマイリング・ピーナット〟にも、そして……騒音の苦情を受けて事情聴取に来ているジム・カーリングとクローディアがいるアパートにも……。

テレビの電波と同じように、雨はどんな人にも、草木にも、あらゆる生き物の上にしとしとと降り続けていた。

もちろん、〝ウジ虫〟が着ている国防色のレインコートにも、水たまりのような跡を残していた。

男は、あるアパートのドアを開け、雨の雫がラグにしたたり落ちるのも気にせず、廊下をどんどん歩いてゆき、テレビの音が聞こえる部屋をノックもせず開けた。

部屋の奥にあるテレビでは『チビッコと勝負』が流れ、その前には黒人の少年が三人ばかり寝転がって、番組を見ていた。いつぞや警官の前でラップを歌ってみせたディクソンという少年もその中にいた。

〝ウジ虫〟は、にこりともせずディクソンを引っぱり上げると、ディクソンも当たり前のようにすぐにテレビをあきらめ、席を立った。

他の少年たちは、そんなことを気にも留めず、またテレビの世界に戻った。

降りしきる雨の中、アールの大豪邸のドア・ベルをレインコートを着た男が押した。五匹の犬たちが、高ぶる気持ちを逆なでするように吠《ほ》え立てた。

犬たちをかきわけながらフィルが出ると、男はずぶ濡《ぬ》れになったコートの下から注文の品が入った大きなビニール袋を出した。

フィルが金額を尋ねる。

「三十一ドル九十セントです」

男は事務的に言った。

うむを言わさずに品物を受け取ってドアを閉めたフィルは、キッチン・テーブルにその袋を置き、パンには目もくれず、急いで雑誌を取り出した。まず真っ先にページを開いたのは、「プレイボーイ」だった。久しぶりに「プレイボーイ」のグラビアを見た瞬間、仕事に似つかわしくない刺激度に、フィルはくらくらした。

今はそんなことに感心している場合ではない。フィルはすぐにページをめくり、『誘惑

して ねじ伏せろ』の写真入りの広告を探し当て、そこに載っていた電話番号に電話した。すぐにフランクが出てくるわけもないだろう。事情を説明して、彼につないでもらえないもんだろうか。アールは、かなり危ない状態だった。

電話番号が見えるように雑誌を丸めて、フィルは急いで電話した。

雨は、大きな窓ガラスの外で降り続いていた。心なしか、どんどん大降りになっているようだ。

「『誘惑してねじ伏せろ』ですか？」

男性の受付が出た。

〝はい、そうです。まず、電話番号と郵便番号を〟

「いや、本の注文じゃないんだ。実は、非常に深刻な事態が起こってしまって……」

フィルは、慎重に言葉を選んだ。ちょっとでもツムジを曲げられて電話を切られてしまったら、元も子もないのだ。だから、多少、嫌な顔をされても仕方がない。とにかく、怒らせないように食いついて、説得するしかないんだ、フィルは何度も何度も自分に言い聞かせた。

「誰《だれ》に連絡していいのか……状況を説明したいので、責任者に」

ところが、返ってきた言葉は、これから先の交渉の難しさを物語っていた。

〝ここは電話で一般からの注文を受ける所でして……〟

フィルは、必死に食い下がった。

「それじゃ、この電話を、もっと話の通じる人に」

〃その前に、何なんです、深刻な状況って？〃

言われてみりゃ、そのとおりだ。向こうにしてみれば、奇妙な電話はしょっちゅうかかってくるのだろう。この電話だけ特別扱いにするほど暇ではないはずだ。

フィルは、できるだけ冷やかしだと聞こえないように、慎重に言葉を選んだ。

「じゃあ、話そう。デタラメ話と思わないで聞いてくれ……僕はフィル・パルマといって、アール・パートリッジという人の看護人なんだ」

アール・パートリッジと言ったって、分かるわけがないか。まあ、いい、徐々に説明していこう。

「彼は重病人で……」

フィルは、ベッドから離れたキッチンにいるにもかかわらず、一応辺りを見回してから続けた。

「……はっきり言って、死にかけている。その彼から、息子《むすこ》を捜してくれと頼まれたんだ」

しばらく間があり、相手の返事がなかった。

フィルは心配になって聞いた。

「聞いてるか？」

また間があった。

〃ああ、聞いてるよ〃

「フランク・マッキーは、パートリッジ氏の息子なんだ」

ホリディ・インのスイート・ルームで行なわれていた、当のフランク・マッキーのインタビューも佳境に入っていた。インタビュアーのグウィネヴィアの質問も、心なしか核心に迫ってきていた。

「お生まれは？」

「この近くだ。ハリウッド地区だよ」

「ご両親は？」

「親父《おやじ》はテレビ関係だ。お袋は……聞いたら驚くよ」

「言ってみてください」

「図書館員だったんだ」

「なぜ驚くの？」

「別に驚かないか」

フランクは、きれいな白い歯を見せて笑った。

しかし、動じることなく、グウィネヴィアは常に冷静だった。

「今も、お勤めですの？」

「もう定年だよ」

「今も親しく？」

フランクは、変な質問に少し色をなした。

「お袋だぜ」

「ええ、でも、お母様も女ですから」

さすがにフランクがムッとしたので、グウィネヴィアは少し矛先《ほこさき》を変えた。

「『誘惑してねじ伏せろ』のことで、お母様は何と？」

フランクは、グウィネヴィアのお株を奪った。

「〝女をモノにしなさい〟とさ」

「お父様は？」

「残念だが、もう死んだ」

「お気の毒に」

本心でないのは、フランクにも分かっていた。

「いいんだ」

グウィネヴィアは、それでもまたその周辺を責めてきた。

「知らずにうかがったりして……」

「気にしないで。過去は過去として、人間は前進せにゃ。人はいつか死ぬんだし」

「話題を変えるわ」

フランクは黙って聞いていた。

「本の経歴ではバークレー大卒となってますね？」

「ああ、八十四年から八十九年の間だ」

「心理学専攻で学位を？」

「あと、これぐらいだった」

といいながら、フランクは人差し指と親指で一ミリほどの隙間を作った。

「でも、五年だったら優秀だわ」

フランクは、心の動揺を隠すかのように、そばにいたスタッフに言った。

「コーヒーをくれないか？」そして、グウィネヴィアにも尋ねた。「君もどう？」

「要らないわ」

フランクは、マネージャーに向かって、ほとんど負け惜しみ気味に言った。

「いいインタビューだ」

それは、インタビューがまずい方向を指しつつあることを本能的に察知したからこそ、反射的に出た言葉だった。フランク・マッキー、あるいはフランク・T・J・マッキー──彼ほど、機を見るに敏で、言葉にならない言葉を察知する、本能的な男もいなかった。だからこそ、『誘惑してねじ伏せろ』をベストセラーに押し上げ、若者の〝SEXの教祖〟になりえたのだ。まだ三十代の若さだというのに。

普通の男なら、危険を察知したら負け犬のようにしっぽを巻いて退散するだろう。しかし、このフランク・マッキーは違った。危険の匂《にお》いを嗅《か》ぎつけ、サバンナの豹《ひょう》のように背中を見せながら悠々と切り抜けたくなるのだ。フランクとはそういう男だった。

9

処方箋《しょほうせん》薬局のリンダは、じりじりしながら薬を待っていた。若い薬剤師はさっきからずっと、年配の店主と何やらひそひそ話し込みながら、リンダのほうを見ている。見られるたびに、リンダはそしらぬ顔をして、目を逸《そら》した。店主は、ついにどこかに電話をかけた。恐らく処方箋を出した病院にかけたんだろう。リンダははらはらしながら、茶色や黄色や青の大きな薬瓶の間から、二人の様子をうかがっていた。

その間、ものの十五分程度だったろうが、リンダには永遠に感じられた。こうして待っている間に、夫にもしものことがあったら、どうしてくれるのよ。もちろん薬は、痛みを和らげるためのものばかりだ。でも、たった十五分の苦痛を癒《いや》すのがどんなに大変なことか、こいつらには分かっていないのよ。それをたった十五分見守る間の精神的な苦痛がどんなものか。

調剤する間、憔悴《しょうすい》しきっているとはいえ、目を見張るほど美しいリンダのところへ来て、薬剤師は世間話を始めた。

「外はどしゃ降り？」

当たり前のことを当たり前に聞く奴《やつ》ほど、許せない奴はいない。夫がこんな状態になる前からリンダは思っていた。

それにこの若い男は、薬の化学式は知っていても、心の化学式はひとつも分かっていなかった。

「あんなに薬が必要じゃ、大変だね」若い薬剤師はリンダのことをうさん臭そうに見つめて続けた。「あれだけありゃ、思う存分、ブッ飛べる。ずっとプロザックとデキセドリンを？　面白い薬だ。デキセドリンは覚醒剤《かくせいざい》。医者はプロザックと併用して処方してる。液体モルヒネも強力だ。注意しないとヤバい。混ぜて使わないようにね」

ベルが鳴った。薬剤師は奥に引っ込み、薬の山をわんさと抱えながら戻ってきた。そして、また利《き》いたふうな口を利いた。

「すごいね。ヤバい薬ばかりだ。どんな病気で？」

そこでついに、こらえにこらえてきたリンダの感情のダムが決壊した。

「くたばっちまいな！」

「何だって?!」

さすがに若い男も気色ばんだ。

「何て下品で、ゲスなバカ野郎なの。自分を何だと思ってるのさ！　さっきから黙って聞いてりゃ。わたしはここに薬をもらいに来ただけよ。わたしのことを知りもしないで。人の生活もよく知りもしないで！　なぜ、わたしのことをあれこれ聞くのよ？　口を出さないで！」

そこへ、騒ぎを聞きつけた店主がやって来た。

「お嬢さん、どうかお静かに……」

それがますます火に油を注いだ。

「人のこと勝手にお嬢さんなんて呼ばないで！　こっちは店に来て、処方箋を出しただけじゃないの！　それを何よ、疑わしそうにわたしを見て、コソコソ電話して。わたしは病人なのよ！　それに重病人を抱えてるの！　死にかけた病人を見守る気持ちが分かる?!」

それはリンダの心の奥底から出た叫びだった。若い薬剤師にも年配の店主にも、返す言葉がなかった。リンダの言葉ひとつひとつに強烈な説得力があったからだ。二人は、ただ唖然《あぜん》と立ちつくしていた。

「それでも人間なの？　勝手な想像なんかしないで！」

一度決壊したリンダの奔流は、留《とど》まるところを知らなかった。

「わたしのチンポをなめなよ！　分かった、二人とも？　何がお嬢さんよ、ふざけないで。恥を知るといいわ！　恥知らず、二人とも死んじまえ!!」

そう言い残してリンダは金を置き、さっさと店を後にした。どしゃ降りの雨の中、傘も差さずに車まで歩いた。

月が人間を狂わすと昔から言うが、ひょっとすると雨にも同じ力があるのかもしれない。

看護人フィルの懸命《けんめい》の説明は、まだ続いていた。最初の男より、物分かりのいい責任者にまではこぎつけていた。しかし、電話の相手はまだフィルをすっかり信用したわけではなかった。電話をフランクにつないで、もしそれがやはり変な電話だったとしたら、自分の首が危ないからだ。受付の男は、慎重過ぎるほど慎重だった。

〝父親と息子《むすこ》なら、なんで名字が違うんだい？〟

鋭い突っ込みだ。しかし、フィルは慌てず騒がず、正直に答えた。

「それは僕にも説明できないんだ。過去に何かあったんだろう。何かの事情で疎遠になってしまって……交流が途絶えてしまった父子だよ。信じられない話だろうけど……」

〝なぜ、ここに電話を？〟

「フランクの電話番号が分からないんだ。アールにも聞けない。死にかけてる病人でね」

フィルが腰かけているキッチンのテレビでは、小さい音で『チビッコと勝負』が流れていた。

「ガンなんだよ」

〝何のガン？〟

「脳と肺だ」

〝お袋は乳ガンだった〟

お前のお袋が何ガンだろうが、そんなことはどうだっていいんだ、それよりもこっちの話を聞け、と普通の男なら思ったかもしれない。しかし、フィルは仮にも看護を職業としている人間だった。たとえどんな相手だろうと、ケアするのが、看護人の悲しい性《さが》だった。

「気の毒に。助かったのか？」

〝今は元気だよ〟

「それは良かった」

しかし、フィルは今日に限って、看護人としてはあるまじき心理に襲われていた。

（お前のお袋のことはいいから、早く電話をつないでくれ。頼む、もう時間がないんだ）

〝恐かったよ〟

電話の相手の口調は、ほとんど世間話になっていた。

「分かるよ」

フィルはそう言うしかなかった。実際、何千人という末期ガン患者を見てきて、それは痛いほど分かるからだ。

〝嫌な病気だな……それでなぜ僕に電話をしてきたんだ？〟

話はいよいよ核心に入ってきた。ここからが、肝心だ。慎重にやるんだぞ、とフィルは自分に言い聞かせながら続けた。

「バカげた話と思われるのは、分かってる。まるで映画のシーンだ。息子の行方《ゆくえ》を捜す父親。映画で観るシーンそのものだな。だけど、本当にあるから映画でも描かれる。実際に起こるからだよ。今、実際、ここで起こってるんだ。電話番号を教えるから、そっちから電話をかけて、確認してくれないか。頼む、このままにしないでくれ」

フィルは、心を込めて懇願した。

「お願いだ。頼む」

そして、念を押した。

「頼む。映画ならそうしてくれるはずだ」

電話の相手は、海の底のように沈黙するばかりだった。

フランク・マッキーのホテルでのインタビューは、さらに核心に入っていた。インタビュアーはかなり下調べをしてきているようだ。証拠をつかまれたことを察知した犯人のように、フランクは余裕のあるところを見せようとした。

「君はいい質問をするね」

「ありがとうございます」しかし、グウィネヴィアはそんなことでごまかされる相手ではなかった。「生まれはヴァレー地区で？」

「この近くだよ」

「ヴァン・ナイズ高校へ？」

「時々、通ってた。落ちこぼれでね。全国ネットのテレビで流すフランク・T・J・マッキーのイメージとは程遠いだろ？　自分をつかめてなかったのさ」

「今の名前は、どこから来たんですか？」

「どの名前？　俺の名前かい？」

「本名じゃないでしょ？」

フランクは、うまく動揺を隠して言った。

「お袋の名字でね。偉いな。下調べをしてきたんだな」

グウィネヴィアの追及は、まだ始まったばかりだった。

「〝フランク〟というのは？」

「祖父の名前さ」

「それで分かったわ。大学で記録を調べたんですけど、名前がなくて。名前を変えたからなかったのね」

「名簿にはないよ。正式な生徒じゃなかったと言わなかったっけ？」

「ええ」

「はっきりさせとくが、正式には入学してないんだ。授業料を払えなくてね。ただ、三人の親切な先生が聴講を許してくれてね。調べれば、記録があるはずだ。つまり、俺は底辺からはい上がったのさ。だからこそ、大衆は俺の本に強い共感を覚えるんだ。ただ、女を引っかけて、突っこむだけの本じゃなくて、読者に自分の本当の生き方を見い出させるんだ。『この世で自分に権利のあるものはいただくぞ』とね。おまけに、尺八もしてもらえる」

「なるほど」

グウィネヴィアは、フランクが汚い言葉を使うのにもう慣れっこになっていた。というより、それがフランク・マッキーという男の手法であり、アジテーションだった。しかし、グウィネヴィアにもグウィネヴィアなりの手法があった。いや、奥の手、隠し玉と言うべきか。

そのことは、さすがのフランク・マッキーにも見抜けなかった。

10

スタジオの中でも、何かが軋《きし》み出していた。それが何かは誰《だれ》にも分からなかったが……。

まずホスト役のジミーが、第一ラウンドが終了を告げた時、少し、だが、おかしな間違いをやらかした。

「さあ、第一ラウンドが終了しました。レディーズとバイ菌《きん》の皆さま」

レディーズ&ジェントルメンと言うべきところを、レディーズ&ジャームズ（バイ菌）と言ってしまったのだ。幸い、ほんの一瞬の小さな間違いだったし、プロデューサーを始め、気がついた人間がほとんどいなかったので事なきを得たが。

自分でもそのミスに気づいたジミーは、慌てて次の言葉を足してごまかした。

「では、ここで点数の確認をしてみましょう。チビッコ・チームが千五百ドル、大人チームが出遅れて千二十五ドルでございます……。

では、第二ラウンドに突入です。今度は音楽ボーナス・クイズ。そのラッキー・チームは、チビッコ・チームです」

ジミーは、一段高い司会席から子供たちのほうをちらっと見た。

「今の点差を広げるチャンスだよ。では、音楽のボーナス・クイズに答えてもらおう」

ジミーは、手に持った問題カードを読み上げた。

「次のオペラの歌詞を、オペラが書かれたオリジナルの言語で歌ってもらいましょう。正解なら二百五十ドル。二百五十ドルで歌ってもらうわけだ」

そこで笑いが起きた。

「さあ、読むよ」

ジミーは、英訳した歌詞を読み上げた。

「恋は気まぐれ。言うことを聞かない。嫌いな相手にはソッポを向く」

そこで、ピンポンと鳴った。

ジミーは指名した。

「はい、スタンリー」

スタンリーは、答えた。

「フランス語で書かれたオペラ『カルメン』です。歌詞は……」

スタンリーは、フランス語の原語で有名な『恋は野の花』、いわゆるハバネラの一節を歌い出した。

スタンリーの正解。二百五十ドルが加算されて、チビッコ・チームは千七百五十ドル、大人チームは千二十五ドル。チビッコ・チームの勝利はもう目前だったが、そこでCMとなった。

ジム・カーリング警官は、まだクローディアの家のキッチンをうろうろしていた。

「あの、コーヒー沸《わ》かしてるの?」

ちょうどキッチンの片隅にコーヒーメーカーが見えたのだ。

クローディアは、それに気づいて答えた。

「ああ、もうぬるくなってるわ。ちょっと消しておいたから」

ジムは、珍しく図々しいおねだりをした。

「普段はアイス・コーヒー党なんだけど、今日みたいな雨の日はホットを飲みたいな」

「飲みたい?」

「外はどしゃ降りで、じき出ていかにゃならないから……」

クローディアは、バスルームのコカインのことが心配で気が気ではなかったが、かといって急に態度を変えてしまうと、警官に不審がられる恐れがあった。

「出がらしでいい?」

「出がらしで結構」

彼女は慌ててコーヒーメーカーに水を入れ、コーヒーを沸かした。

「クリームとお砂糖を入れる?」

「良ければ」

コーヒーが沸いてもいないのに、クローディアは変なことを聞いた。しかし、ジムもジムで、その微妙なクローディアの異変にも、彼女がやけに汗をかいていることにも、今日に限って無頓着《むとんちゃく》だった。恐らく、二人とも別の理由で舞い上がっていたのだろう。

コーヒーが沸く間、ジムはまた居間に戻り、クローディアに説明した。

「警官として言わねばならないことだけを言っておくよ。それから、ゆっくりコーヒーをいただくことにするさ」

クローディアは、父親の時とは違っておとなしく聞いていた。コカインが切れかかり、少し息が荒かったが。

「今日の一件のことで、召喚はしない」

クローディアは、まずほっとした。

ジムは続けた。

「隣り近所への迷惑を忘れないようにね。みんな、勤めから戻ったり、家で仕事をしてる人もいるんだ。ガンガン音楽を鳴らされたら、みんなに迷惑だ。仕事の経験があれば、分かると思うが……音楽を聞くのは自由さ。ただ、ボリュームに気をつけて。目盛りを覚えておくといいよ。僕なら、昼間は2・5にしておくね。ちょうどいい音量だ。音量を上げたい時もある。時にはガンガン鳴らしたくなるけどね。ただ、毎日はいかん。耳を悪くしちまうからね。毎日はいけないよ。隣り近所も迷惑する。今後は気をつけて」

それまで、おとなしくうなずいていたクローディアは、キッチンからジムのコーヒーが入ったマグカップを取ってきた。そして、ジムに渡した。

「じゃ、乾杯」

ジムは、一口だけ飲んだが、とても飲めるような代物《しろもの》ではなかった。が、それを顔には出さず、カップを持ったまま話すことにした。

「恋人と何かあったのかい？」

「恋人はいないわ」

とクローディアは答えた。

「じゃあ、あの騒ぎは？」

「恋人じゃないの」

女としては背の高いほうだが、それでもジムと話す時は見上げなければならなかった。

「若い女性は家庭での暴力を話したがらないからな。僕には何でも話すといい。話さないで、下手に隠すと、思わぬことに……187の事態に発展するかもしれん」

「大丈夫よ。187って？」

「悪い事態だ。隠し立てすると……」

「恋人じゃないし、二度と訪《なず》ねてこないわ」

「だけど……」

「大丈夫よ」

「僕はまた訪ねてきて、君のきれいな顔を見たいんだ」

クローディアは、警官にはあるまじき言葉だと思ったが、一人の人間として認められたような気がして感動した。感動し、動揺し、どうしてもバスルームに戻らねばならなくなった。

「待ってて」

クローディアがバスルームにダッシュした時、ジムもキッチンの流しにダッシュして、一口飲んだだけのコーヒーをさっと流しに捨てた。

スタジオの袖《そで》では、ジミーがアシスタントのメアリーに不調を訴えていた。不調と言っても、ただの不調ではなかった。それは、ジミー本人がいちばんよく分かっている。そうでなければ、本番中にそんなことを訴えるわけがなかった。

「もうダメだ」

ジミーは、だらだらと脂汗を流していた。

メアリーが青い幕の薄暗がりの中で懸命《けんめい》に励まし、

「上着を脱《ぬ》いで、呼吸を楽にするのよ」とジミーの上着を脱がしてやった。

「何だか吐き気がする。二十歳から吐いたことなんかないんだ。トイレへ」

メアリーは、どうしていいか分からなくなっていた。こんな事態は、ジミーの担当になって十五年間で初めてのことだった。

一方、スタジオのパネル席でも緊急事態が発生していた。

チビッコ・チームのキャプテン、スタンリーが動けなくなってしまったのだ。

すぐに、アシスタントのシンシアが駆けつけた。

「どうしたの？」

スタンリーも脂汗をかいていた。

「トイレに行きたいよ」

その言葉をリチャードが聞きつけて、大声を出した。

「我慢しろ、バカ！　なんでいつもこうなんだよ、スタンリー」

反対側で見ていた大人チームのルイスが、声をかけた。

「どうしたんだ？」

すると、リチャードが間髪《かんはつ》を入れずに言った。

「うるさい！」

その言葉に、大人チームの紅一点のミムも、色をなした。

「生意気な子ね！」

チビッコ・チームのジュリアも、リチャードに加勢した。いくらゲームでも、これは大金のかかった真剣勝負なのだ。相手が大人でも子供でも、敵は敵だった。

「口出さないで！」

ほとんど答えないスタンリー以外の子供にとっては、勝負の行方《ゆくえ》がいちばんの問題だった。その鍵《かぎ》を握《にぎ》っているのがスタンリーなのだ。

シンシアが、大人チームのメンバーにきつく言った。

「あなた方は黙っててください！」

そして、スタンリーを小声で諭した。

「我慢しなきゃダメよ。本番一分前なのよ。今からトイレなんて。CMブレイクまで待って。その隙《すき》にトイレに」

大人チームのルイスは、シンシアの対応に腹を立てていた。「俺《おれ》が何をしたって言うんだ？」

「いいから、子供にちょっかい出すのはやめて！」

ルイスは、忿懣《ふんまん》やる方なかった。

「頭にくる女だ。後で話をつけよう」

要するに、シンシアにとっても番組的にとっても大人たちは当て馬として番組を盛り上げてくれればよかった。それだけに、オーディションでは成績の良い人物と悪い人物を選び、あまり子供に勝たないように、面接と称してうまく人材を手配してあった。

だから扱いも、大人に関しては、セカンド・ビリングか、スターティング・アクト、つまりコンサートで言うところの前座だったのだ。

シンシアのところにプロデューサーのバートが近づいてきて尋ねた。

「どうした？」

「いえ、何でもありません」

シンシアはそう答えたが、その後の事態は彼女にもまったく予想のつかないものだった。

11

『誘惑してねじ伏せろ』の電話に出てくれたチャッドという男が、フランクの付き人と話してくれるというので、フィルは待っていた。

その時だ、アールのとてつもない発作が起きたのは。

アールは、鼻に入れた酸素吸入器を外さんばかりにベッドの上で暴れ出し、わけの分からないことを叫んだ。

「リリー、やめろ！　こっちへ来るな！」

ガン細胞に脳を冒されているせいか、薬が切れると元の譫妄《せんもう》状態に戻ってしまうのだ。

こうなったら、もう液体モルヒネを使うしかない。

慌てたフィルはアールの元に駆け寄ろうとし、その拍子に他の錠剤の入った瓶《びん》まで倒してしまった。錠剤は辺りに散らばり、また悪いことに、腹を減らした犬たちがリノリウムの床に散らばった薬を食い始めたのだ。

フィルは仕方なく床の上に電話の受話器を置き、その上に耳を押し当てたのだ。

受話器からは『誘惑してねじ伏せろ』のCMメッセージが流れていた。

〃四十九ドル九十九セントで、この『誘惑してねじ伏せろ』を即、注文を。お役に立たなければ、返金いたします。クレジット・カードもOKです〃

「お前たち、食うんじゃないぞ。ほら、だめだったら、どけ！」

フィルは、床に落ちた錠剤を懸命に拾った。しかし、一部はやはり食べられてしまった。強い薬ばかりだから、犬が変になってしまわないだろうか。次は犬の看護人か。こういう時には、愚にもつかないことを考えるものだ。

何とか薬を瓶の中に納めて寝室に戻ると、墓場からよみがえったゾンビのようなアールが、虚空を必死につかみ、暴れていた。

フィルは何とかアールを押さえつけて、錠剤と水を口に含ませた。

アールは、みるみる落ち着きを取り戻し、また眠り込んでしまった。

折良く、受話器からチャッドの声が聞こえてきた。

〃フィル、聞いてるか？〃

「ああ、チャッド」

〃いいか、フランクの助手のジャネットと話したんだ。彼女と話してくれ〃

フィルは、文字どおり胸をなで下ろした。

「良かった。何とお礼を言っていいか……お母さんをお大事に」

〃ああ、ありがと。あんたもな〃

チャッドが、ジャネットと電話で話している声が聞こえた。

〝ジャネット、聞こえるか？〟

〝もしもし〟

ジャネットの声が聞こえた。

フィルはジャネットに話しかけた。

「こんちは」

すると、チャッドがジャネットに会話を引き渡してくれた。

〝よし、ジャネット、フィル・パルマという人だ。直接、話してくれ〟

フィルの努力は、あとほんの少しで実を結びそうだ。


ブルーの幕の前で、ジミーはアシスタントのメアリーに汗を拭《ふ》いてもらっていた。今にも倒れそうな状態で、息も荒い。

「大丈夫？」

メアリーはまた汗を拭いた。そしてジミーはついに、妻と娘以外は知らない事実を告白した。

「わたしはガンなんだ。あと二カ月の命だと言われた。骨のガンで、もう助からない」

スタジオ内にフロア・ディレクターの声が、鳴り響いた。

〝本番十五秒前〟

メアリーは、あまりに突然のことで絶句した。

〝本番十秒前〟

メアリーのすがりつくような視線を振り払って、ジミーはプロらしく、再びホスト席に立った。

CMタイムの終わりだ。

ジミーは、第二ラウンド突入を宣言した。

「さあ、それでは第二ラウンドの始まりです。では、本日の大人チームの話をしましょう。ミム、あなたはカルフォルニアのチャッツワースに住んでおられるとか、お子さんも二人いらっしゃいますね」

ミムが答えた。

「ええ。六歳と四歳の子供です」

番組は続いていた。

バー、〝スマイリング・ピーナット〟でも、『チビッコと勝負』で盛り上がっていた。カウンター席は客で埋まっていたが、かなり酔っぱらったドニーは急に立ち上がり、番組を観ながらこんなことを言い出した。

「俺《おれ》が誰だか知ってるか？」

「その筋の一員なんだろ？」

サーストンが、横でからかった。

ドニーは真剣だった。

「どういう意味だ?」

「別に意味はないよ。ただ、君も歯車の一つってことだよ」

サーストンは、鼻で笑った。

「君は冗談ばかり言ったり、謎《なぞ》めいたことを言ったり、訳の分からんことを言う男だ。さっぱり通じないよ。俺は頭が良かったんだ。〝天才クイズ少年のドニー〟ってな。クイズ番組のチャンピオンだった」

サーストンは、また皮肉っぽいことを言った。

「わたしの生まれる前の話かね?」

すると、同じくカウンターにいた、バイカーくずれの男が言った。

「覚えてる。六〇年代だろ?」

ドニーは、少し誇らしげだった。

「あのドニー・スミスだ」

さっきの客がまた言った。

「天才児だったのに、確か、雷に打たれたんじゃなかったか?」

ドニーは、強気だった。

「ふん、だから、何だよ」

「そうだ、聞いたことあるぞ」

さっきの客がそう言うと、今度は連れの男が聞いた。

「痛かったか？」

ドニーは、また誇らしそうに答えた。

「もちろん」

「だけど、今は何ともないんだろ？」

連れの男が再び尋ねた。

「昔は天才。今はただのアホ」

ドニーは、自嘲《じちょう》気味に言った。雷に打たれて以来、ドニーの人生はまったく精彩を欠いていた。雷に打たれただけに、ついさっきまで電気屋だったとは、しゃれにもならなかった。

するとサーストンが、カウンター内でグラスを拭き続けているブラッドに問題を出した。

「誰《だれ》だっけな、『天才は自らを滅ぼす』って言ったのは？」

ドニーが答えた。

「サミュエル・ジョンソンだ」

「そうだ、サミュエル・ジョンソンだよ」

サーストンが言うと、ブラッドはくやしがった。

まだ、ドニーも捨てたもんじゃなかった。酒の勢いか、辞書を編纂《へんさん》したことで有名なイギリス人、座談家のジョンソンを、昔とった杵柄《きねづか》でちゃんと思い出していた。

つられて、サーストンは他《ほか》の名言も思い出した。

「彼の名言……『退屈な人間は、周囲まで退屈にする』」

ドニーは、それも修正した。

「『周囲をもだ』よ」

「細かい奴だ」

こいつは退屈なだけでなく、細かい人間でもあるのか。サーストンは少しむっとした。

ドニーは、長広舌をふるった。

「いいか、彼は人に裏切られもせず、金を盗まれたこともない。親にひどい目に遭わされたか？　ママとパパが彼を食い物にしたか？　そういう仕打ちは、天才児にだって深い傷跡を残すんだ」

うるさいドニーに少しうんざりしていた「周囲」の客に向かって、彼はさらに酔っぱらいの講釈をたれた。

「あんたたちは雷に打たれたことがあるか？　めったにないことだが、その痛いことといったら！　宇宙を流れてきた電流が、頭を通って、全身を直撃するんだ。『天才は自らを滅ぼす』だって？　親の食い物にされて、あれこれ命令されるからだよ。反抗すると……」

嫌気がさしてきたバイカーくずれの中年男が、また聞いた。

「親に賞金を取られたのか？」

「そう！　取られたよ」

ドニーは、サーストンに聞いた。

「『歯車の一つ』って、どういうことだ？　物事は繰り返すってことか？」

サーストンは、面倒くさそうに認めた。

「そのとおりだ」

ドニーの目は焦点が定まらず、かなりブッ飛んでいた。

「だが、俺は夢を追うぞ」

サーストンが、また茶々を入れた。

「悲しい泣き言だね」

ドニーは、構わず続けた。

「昔は天才。今はただのアホ」

「それに乾杯しようじゃないか」

サーストンはひとりで杯を上げた。

フランクへのインタビュアーの追及は続き、もはや何かの尋問のようにさえ聞こえた。

しかし、それでもフランクは質問に応じていた。

「もう少し経歴のことを聞きたいんですけど。さっき、こういう発言をなさいましたね。

『いろいろな人生経験とつらい過去があった』と。それで、ちょっと混乱を」

フランクは、変な顔をした。

「どの辺が？　そんな話は退屈だし、無意味だよ。本の中にも書いてある。『過去に捉《とら》われると、前へ進むことができない』とね」

　グウィネヴィアはジャーナリストらしく、相変わらず冷静だった。

「わたしが言いたいのは……」

　フランクは、遮った。

「過去を振り返ってどんなプラスがあるっていうんだ？」

「それ、質問ですの？　では、言いますけど、自分という人間が見えてくるわ。過去から自分が見えてくる」

「俺には過去より重要なことがある」

「過去は大切よ。だから答えていただきたいの」

「どうかな」

　フランクは笑ってみせたが、イライラしてきているのはグウィネヴィアにもばれていた。さきほどまでの元気は、どこかへ行っていた。

　グウィネヴィアは狙撃兵《そげきへい》のように、遠い場所に狙《ねら》いを定めていた。

「あなたを攻撃する気はないのよ」

「質問者は君のほうだ。お好きにどうぞ。時間の無駄だがね。この世で一番無意味なものは過去だ」

　グウィネヴィアは、いよいよ引き金に指をかけた。

「さっきお母様の話をしましたね。そして、お父様は亡《な》くなったと。それで、はっきりさせておきたいことがあるんです」

フランクは、ソファの上でそわそわし始めた。

「質問が聞こえない」

グウィネヴィアは切り返した。

「聞きづらい質問で……」

「早く言えよ」

「ミス・シムズという女性を知ってます？」

「女にはモテるからな」

フランクははぐらかしたが、あまり効果はなかったようだ。

「子供の頃《ころ》、タルザナで知ってたはずよ」

「一時、住んでたからな。それが攻撃的な質問なのかい？　その女が俺に恨《うら》みでも？」

「前の質問の答えをはっきりさせたいの」

「どの質問？」

「お母様は亡くなったのでは？」

「そんな噂《うわさ》があるのかい？」

「ミス・シムズのことを知ってます？」

「知らない」

「一九八〇年にお母様が亡くなって、あなたの保護者になった隣人のことです。わたしが調べたデータによりますと、あなたはアールとリリー・パートリッジ夫妻の一人息子《ひとりむすこ》ということになってます」

フランクは痛い所を突かれたのか言葉を失い、落ち着きを失い、と同時に、言葉にこそ出さないが、憤怒のため体がかすかに震えているように見えた。

グウィネヴィアは、追いつめた獲物を痛めつけるように続けた。

「シムズさんの話だと、お母様は一九八〇年に亡くなったということでした。つまり、あなたとあなたの会社が公表してるデータは、正しくないってことになるわ。あなたという人を正確に知るために、生まれと育ち、ご家族のことを知りたいの。とても、重要なことよ」

フランクは落ち着きを取り戻し、ぽつりと言った。

「それで、君の質問は？」

「わたしがうかがいたいのは、なぜ、そんな嘘《うそ》をついたかってことです」

フランクは、グウィネヴィアの目をじっと見つめていた。その瞳《ひとみ》は、ひと気のない湖の水のように透きとおっていた。

『チビッコと勝負』は第二ラウンドになり、いよいよ勝負も佳境に入っていた。このラウンドでは音楽問題が中心になっている。

司会のジミー・ゲイターが、問題を読み上げた。

「では、両チーム、ピクニックに行った気分になってください。家族や友達とのピクニックですよ。では、次の三つの音を聞いて、ピクニックで目にする物の名前を当ててください。いいですか、では、最初の問題です」

スタジオ脇《わき》にいたシンセサイザーの奏者が、三つの音を弾いた。

すると、大人チームの真ん中にいたトッドが、ボタンを押した。

「はい、トッド」

トッドは答えた。

「僕は絶対音感なんでね。A《ラ》とD《レ》とE《ミ》の音だから、LEMONADE、、、（レモネード）だね」

ピンポーンという音が鳴った。

「正解。二百五十ドルです。では、次」

ジミーが促した。

三つの単音がスタジオ中に鳴り響いた。

また、トッドだった。子供たちは、すっかり精彩を欠いていた。

「EGGで、エッグです」

「五百ドル獲得。それでは次を」

ジミーが宣言した。

「水を飲むかね？」

激痛に苦しむ夫を家に残したまま、リンダは顧問弁護士のアランのオフィスを訪《たず》ねていた。薬局での一件もあって、リンダは尋常ではなかった。少し薬を飲んだせいもあって、かえって気分が高ぶっていた。魔法の安定剤と言われていたプロザックも、今の彼女には大して効果がないようだった。

「いろいろ起こりすぎて、もうだめだわ」

オーク材のデスクやティファニーのランプなど、高級な調度品に囲まれたオフィスで、高級なスーツと落ち着いた色調のネクタイを締めたアランが大きなチェアに深々と座っている。彼は落ち着きを失っているリンダを気遣っていた。この弁護士とは、アールもリンダも家族的なつき合いをしてきた。

「薬をやってるのかい？」

リンダは、アランの言葉を聞いていなかった。

「わたしが何を言おうと、あなたは弁護士よね。依頼人のわたしの言葉を人に漏らせないはずよ。患者の話を漏らせない精神分析医と同じ」

自分の中にもう一人の人物が存在するように、リンダは急に我に返った。

「クソッ！　あたしは一体何してんのよ？」

アランが、心配そうに言った。

「リンダ、心配するな。アールと君は依頼人なんだ。君らは友達でもある。秘密は誰《だれ》にも漏らさないよ」

「じゃ、話すわ。聞いて」

リンダは、一瞬、落ち着きを取り戻したかに見えた。

「彼の遺言を書き替えたいの」

「それは本人でないとできないよ、リンダ」

「よく聞いて。わたし、彼を愛してなかったの。彼と出会って、寝て、財産目当てで結婚したのよ。初めて話すんだけど、愛なんかなかったの。遺言では、全財産がわたしに入ることになってたんでしょ？」

アランはうなずいた。

「でも、要《い》らないの。今は彼を、とてもとても愛してるからよ」

リンダの目には、うっすらと涙がにじんでいた。

「死にかかってる彼を……今にも死にそうな彼……彼が死んだら、わたしは？……」

それでもアランにはリンダの真意がよくのみ込めなかった。

トッドのお手柄によって、大人チームはすっかり勢いを盛り返していた。スタンリーはトイレのことばかり気になって、精彩を欠くどころか、借りてきた猫のようになっていた。

司会のジミーが、問題を出した。

「では、これを聞いてください」

スピーカーから、手紙のような物を読み上げる男の声が聞こえてきた。

〃メアリー、七人の子供たちは元気かい？　聞いただろうが、ポープは大恥をかいたろうよ〃

ミムがベルを鳴らした。

「ミム」

ジミーが指名すると、ミムは答えた。

「ロバート・E・リー将軍から奥さんのメアリーへの手紙だわ。確か、リー将軍には七人の子供がいて、ポープというのは敵将の名前」

「正解です」

ジミーは額に手をやり、しきりに汗をぬぐっていた。

楽屋では、テレビ・モニターを見ながら、スタンリーの父親のリックが画面に声援を送っていた。

「どうした。しっかりしろ、スタンリー」

しかし、スタンリーに第一ラウンドの勢いは見る影もなかった。

ジミーは、次の問題を読み上げた。手紙シリーズの問題だ。

「『ジョセフィーヌ、わたしはエジプトにいる』」

ミムが答えた。

「ナポレオンからの妃《きさき》への手紙」

「正解。五百ドル追加。では、次……」

リンダは、ついにアランに告白を始めた。まるで彼が懺悔《ざんげ》室《しつ》の神父でもあるかのように。

「最初は夫を愛していなかったの。彼を裏切ったわ。できることなら告白したい。でもね、今は愛してるの」

なぜそんなことを急に自分にうち明けるのか、アランには理解できなかった。自分は弁護士であって、教会の神父でも、精神科医でもない。

アランは言った。

「リンダ、一体どんな薬を飲んだんだ?」

リンダはアランの忠告をはねつけた。

「薬なんか関係ないでしょ? 弁護士なら何とかしてよ! 臨終の場で遺言を変えて! 財産なんか要らないの!」

リンダの目は、薬のせいか、少しトロンとしていたが、表情は真剣だった。

「わたしがどんなひどいことをしたか。彼を裏切り、男と寝たのよ。あなたは弁護士でしょ。わたしたちの弁護士でしょ」

言うことが支離滅裂だ。

「結婚の誓約を破って、わたしは何人もの男と寝た。何度も何度も寝たわ。大勢の男のアレをしゃぶってね……」

「リンダ、不倫は違法行為じゃない。遺言は変えられないよ。リンダ、落ち着くんだ。遺言は変えられないんだ。財産が要らなきゃ、放棄しなさい」

リンダの顔色が変わった。

「財産はどこへ？」

「近親者へ」

「どういうこと？　息子《むすこ》のフランクのところに行くというの？」

リンダは、その一言でまた興奮し始めた。

「とんでもない！　アールは彼に財産なんかやりたくないはずよ」

「しかし、それが法律だ」

「そんなバカな！　我慢ならないわ！」

さっきから黙って聞いていたアランは、ついに声を荒らげた。

「リンダ、いいかげんにしろ！　深呼吸でもして、気を落ち着けるんだ！」

リンダは、その言葉にますます逆上した。

「黙りやがれ！　うるせえっての！」

「力になってほしいんだろ？」

「黙れ！　黙れ！」

「しらふになって、話そう」

「うるせえ！　黙れってんだ！　お黙りと言ったら、黙るのよ。お分かり？」

リンダはそう言うと、ハンドバッグを持って、立ち上がった。

「帰るわ」

「車を呼ぶよ」

「お黙り！」

リンダは、涙をぼろぼろこぼしながら、弁護士のオフィスを後にした。

スタジオでは、ハーモニカの奏者が演奏する音楽を当てるクイズに入っていた。ホスト席の横に三人のハーモニカ奏者が陣取り、ジミーの合図で演奏することになっていた。解答者はその音楽を聞いて、答えを当てるのだ。ジミーが問題を読み上げる。

「クラシック音楽の作曲家がジャム・セッションを開き、古典的愛唱歌の『ささやき』のメロディーをそれぞれ編曲しました。では、ハーモニカ・トリオがそれを演奏してくれます。クラシックで名高い三人の作曲家が、書いたであろう曲を、演奏を聞いて、作曲家の名前を当ててください。では……」

どこでどう集めてきたのか、お世辞にもうまいとは言えない、学芸会の子供たちのようなハーモニカ・トリオが、のったりした曲を演奏し始めた。

「はい、どうぞ」

トッドがボタンを押したので、ジミーが指名した。

「ブラームスの『ハンガリア舞曲』第六番のリズムだな」

「正解です。では、次の作曲家を」

また、ハーモニカ・トリオが問題を演奏した。

下を向いてトイレを我慢していたスタンリーの足に雨が降った。いや、もちろん、それは雨なんかではなく、黄金のシャワーだった。スタンリーはついに我慢できなくなって、番組の本番中に失禁してしまったのだ。股間《こかん》を押さえようとした拍子に、スタンリーはついボタンを押してしまった。

「スタンリー」

ジミーは、スタンリーに振った。

「分かりません」

スタンリーは、まだ下を向いていた。

「答えになってないよ、スタンリー」

番組を盛り上げようと、ジミーは言った。

しかし当のジミーも、さっきから滝のような汗が額にしたたっていた。めまいがひどく、ホスト席に手をついて、立っているのがやっとだった。

お手つきだったので、仕方なく、ジミーが答えを言った。

「正解は、ラヴェルです。それでは、トリオのみなさん、次のメロディーの演奏を……」

言葉も途切れがちだった。絞り出すような、うなるような声でジミーは問題カードを読み続けた。

「三つの……メロディーを……三番目のメロディーです。聞いてください。すぐ分かります。ショパンです」

ジミーは、うっかり正解を言ってしまった。何とかごまかすことはできないかと、しばらくしゃべり続けた。

「『軍隊行進曲』のリズムですから……」

今度は曲名まで言ってしまった。

「聞けば……すぐに……それと分かりますから……よく聞いてください……すぐ分かります。すいません、答えを言ってしまいました。つい口がすべって、すみません。つい……では、演奏を。ショパンをどうぞ……ショパンの編曲で……あ、ああ、しまった」

と言ったところで、ジミーは倒れてしまった。

客席のそばでその様子を見ていたプロデューサーのバートが、フロア・ディレクターに指示を出した。

「タイトルを出せ！」

スタジオ内は蜂の巣をつついたような騒ぎになり、客席からもどよめきが起こった。

倒れたジミーの元にプロデューサー始め、スタッフが駆けつけていた。しかし、ジミーの意識はしっかりしており、若いスタッフの手をはねのけるだけの元気がまだあった。

「手を出すな！」

プロデューサーは、スタッフの一人に指示した。

「救急車を呼べ！」

「一瞬、何も見えなくなったんだ。もう大丈夫。触るなってのに！」

ジミーは、起き上がろうとしていた。

様子がおかしいのは、ジミーだけではなかった。チビッコ・チームのリチャードが、スタンリーのズボンがずぶ濡《ぬ》れになっているのを見て、大声を出した。

「お前、漏《も》らしたのか?」

「うるさい」

スタンリーは小声で言った。

シンシアがすぐに駆けつけた。

「どうしたの?」

「なんでもないよ。あっちへ行ってよ」

「あっちへ行ってとは何よ。わたしは番組の担当者なのよ。ちゃんと答えて」

シンシアのところからは、スタンリーのズボンは見えなかった。

そこへ父親も楽屋から駆けつけた。

「どうしたんだ?」

「何でもないよ」

「何でもないことがあるもんか。なんで答えないんだ?」

「だって答えが分からないんだもん」

「バカ、ふざけたこと言ってるんじゃないぞ。あんなのは全部答えられたはずだ。俺でも答えられたぞ。どういうことなんだ?」

すると、おせっかいなリチャードが父親に言った。

「オシッコを漏らしたのさ」

「オシッコを漏らした？」

スタンリーは、言い訳した。

「違うよ。平気だよ」

「立て」

スタンリーは嫌がっていた。

「立て」

仕方なく立つと、ズボンはびしょびしょだった。

父親はスタンリーを人前で責めた。

「なぜ漏らしたんだ？」

スタンリーは訴えた。

「答えるよ。ちゃんと答えるよ」

その騒ぎの間、フロア・ディレクターが拍手を指示し、懸命に番組をつないでいた。

「どうも！　司会者にとって、拍手は生きる糧《かて》。ご声援を感謝します。皆さん、どうかご心配なく！」

ジミーは、少し体を起こしながら、プロデューサーに言った。

「大丈夫、ちゃんとやれるよ。みっともないザマを見せて……客席の連中は大笑いしてるだろうな。膝《ひざ》が悪いとか何とか、うまく言い訳してくれ」

ジミーはようやく立ち上がった。

プロデューサーとスタッフは、離れた場所で小声で相談していた。

フロア・ディレクターが聞いた。

「本当にやるんですか？」

ジミーのアシスタントのメアリーも心配そうだった。

「やめて。病気なのよ」

プロデューサーは冷然と言った。

「途中でやめられるかい」

高額の賞金がかかっているだけに、スタンリーの父親のリックも必死だった。

「パパをじっと見るんだ！　新記録まであと二回なんだぞ！　新記録を立てたら、何でも買ってやる。しっかりやれよ」

スタンリーは、力なくうなずいた。

興奮してスタンリーの腕をねじりそうになっていた父親は、ようやく手を放した。

「痛かったか？　頑張れよ。愛してるからな」

スタンリーは、無言でうなずいた。

何もかもが軋《きし》み、弾《はじ》け出していた。

雨のせいだろうか……。

12

クローディアは居間のテーブルに警官を待たせ、バスルームでコカインを吸入してから、慌ててテーブルに戻った。

「お待たせ」

「うまいコーヒーだったよ」

ジムは、心にもないお世辞を言った。

「何の話をしたい？」

「さあ……」

「話したくないの？」

「そんなことないわ。じゃあ、名前は？」

「ジム・カーリング」

しかし、ステレオもテレビも消した静かな部屋の中で、会話はすぐに途絶えてしまい、気まずい雰囲気になった。

ジムもクローディアも何から話していいか、分からないのだ。生まれも育ちもまったく違う二人に、共通の話題はなかなか見つからなかった。

そのうちに、クローディアが変な音を立て始めた。

コツン、コツンと関節がはずれるような音だ。

クローディアは、五歳の子供のように言った。

「聞こえる?」

「痛くないのか?」

「ううん」

「何の音?」

「耳の中で音がするの。医学的には顎関節症候群《がくかんせつしょうこうぐん》っていうの」

「顎《あご》がカチカチ音を立てるわけだ。顎鳴り病。そのほうがいいな。覚えやすい」

二人ともかすかに笑った。

「自分でも気にならない病気よ」

その時、無線機への呼び出しがあり、ジムはすぐに応答した。

「15-L-27だ。休憩中だよ」

ジムは、立ち上がって言った。

「悪いな。戻らにゃ」

クローディアは寂しそうだった。

「話し始めたばかりよ」

「これも仕事でね。仕方ない」

ジムは、最後に注意を促した。

「その男が現れたり、近所から苦情が出たら、また来るよ」

「187事態ならば？」

温和なさっきのジムの顔が、急に険しくなった。

「よせ。そんなこと冗談にも言うな」

「ごめんなさい」

クローディアは、悪気ではなかったのだ。

「冗談だと思おう」

ジムが、拳銃《けんじゅう》の下がったベルトの位置を直しながら、ドアの前に立った。最後にもう一度言った。

「さあ、元気を出して。音楽のボリュームは低くね」

「いいわ。お巡《まわ》りさん」

「ジムでいいよ」

「うん、分かった」

クローディアは、にっこり笑った。

「じゃあな」

そう言ってジムが外に出ると、クローディアは勢いよくドアを閉めた。乱暴に鍵をかける音が聞こえた。

階段を下りようとしていたジムは、その音を耳にして考え直し、再びドアをノックした。

ドアにもたれて呼吸を整えていたクローディアは、反射的にドアを開けた。

「何か、忘れ物？」

ジムも息が荒い。

「違う。警官の公務で訪《たず》ねてきて、こんなことを言うのもナンなんだけど、どうしても、その、君をデートに誘いたいんだ」

「わたしとデートを？」

「ああ」

「それ、法律違反なの？」

「まあね」

「スリルだわ。どこへ？」

「まだ考えてない」

ジムは、言い直した。

「嘘《うそ》だよ。実は、最初からデートに誘おうと思ってたんだ」

「ほんとに？　そんな気がしたわ。今夜は？」

「今夜は夜勤がない。何時がいい？」

「八時は？」

「退《ひ》けは十時だ」

「じゃあ十時に」

「じゃあね」

ジムがそう言って背を向けると、クローディアはもう一度ドアを勢いよく閉めた。そして、さっきと同じようにドアに寄りかかった。息遣いも荒いまま。

フランクのインタビューは、まだ続いている。アール・パートリッジの一人息子《ひとりむすこ》ではないか、という話が出てから、フランクは黙りこくり、自らの敗北を知った戦士が覚悟を決めたかのようにグウィネヴィアの目をじっと見ていた。いや、グウィネヴィアを見ているというより、彼女によって引き起こされ、今の今まで忘れかけていた記憶の奴隷となっていたのだ。

「あなたを攻撃する気はないのよ。ただ、事実関係を確かめたくて……お父様はアール・パートリッジで、彼が妻子を捨てて出ていった後、あなたがガンと闘っていたお母様の看病をし続けていた。お母様の死後は、ミス・シムズが保護者になった」

フランクは、虚空の一点を見つめたまま、放心したようになっていた。

「お母様の話をうかがわせて」

フランクは、相変わらず黙ったままだった。

さすがに心配になったグウィネヴィアが水を向けた。

「フランク、何をしてるの？」

フランクがやっと口を開いた。

「何をしてるか、だって？　君に審判を下してるんだ」

冷静なグウィネヴィアも、その意味不明な言葉にびくっとした。


ホリディ・インのロビーでは、『誘惑してねじ伏せろ』のスタッフであるドクが、熱心なセミナーの会員の相談に乗っていた。

「女権主義の女どもは、たとえ寝なくても、こっちのテクニックを磨く、いい練習台になるんだよ」

聞いていた数人の会員たちは、うんうんとうなずいた。

と、ドクの携帯が鳴った。

「ドクだ」

ジャネットからの電話だった。フィルの訴えは、もう目と鼻の先にまで到達していた。

〝フランクを出して〟

「今、インタビュー中だよ」

〝すぐ呼び出して電話口へ〟

「何があったんだ？」

〝お願い、フランクを出して〟

テレビ局のスタジオでは、司会者のジミーが何とか不調をこらえながら拍手に迎えられて戻り、番組が再開した。

　ジミーはまず視聴者に向かって、さきほどの失態をぼかしながら説明した。

「今日は大変な日です。大変なラウンドになりましたな。さあ、いよいよ、今日の勝敗を決める一対一の対決ラウンドです。まず、スコアの確認をしましょう」

　ジミーは、それぞれのパネルの前についたスコア・ボードを見た。

「チビッコ・チームは二千ドル。大人チームが大きく引き離して、四千七百ドル。まだ、チビッコ・チームにも挽回《ばんかい》のチャンスはあります。大人チームの代表は？」

　ジミーが大人チームのほうを見ると、ミムが立ち上がりかけていた。

「わたしが出ます、ジミー」

「では、前へ」

　チビッコ・チーム側では、スタンリーが前に出ようとせず、渋っていた。

「僕はイヤだ。出ないよ」

　リチャードは、信じられないという顔でスタンリーに言った。

「バカ言うなって！」

　ジュリアも尻馬《しりうま》に乗った。

「あんたが一番、頭がいいのよ」

　それでも、スタンリーは抵抗した。

「イヤだ。君らに譲る」

リチャードは、思わず立ち上がった。

「早く出ろ。ケッっぺた蹴飛《けと》ばすぞ」

スタンリーは、誰《だれ》に言うとはなしに、つぶやいた。

「何でも僕だ。なぜなんだ、なぜ何でも僕にやらせる？」

中立を守らねばならないジミーでさえ、スタンリーを煽《あお》った。

「チビッコ側は君なんだろ？　スタンリー、こっちへ」

スタンリーは、自分の席をてこでも動こうとしなかった。

〝スマイリング・ピーナット〟のカウンターの前では、さっきまで調子良く一席ぶっていたドニーが不調を訴えていた。

「気分が……気分が悪い。鬱病《うつびょう》なのか、落ち込んでいるだけなのか、時々分からなくなる」

とっとと去ってほしいサーストンは、親切ごかしに言った。

「そろそろ家へ帰る時間じゃないのか？」

「ああ、気分が……」

ドニーは、片手で頭を押さえた。酒のせいか、ふらふらしていた。

「おめでとう」

サーストンは、また茶々を入れた。ドニーが言った。

「恋をして、気分が悪い」

「その二つをいっしょにするのか？」

皮肉屋のサーストンが横槍《よこやり》を入れた。

ところが、ドニーはその一言に喜んだ。

「そのとおりだ。この店に来て以来、初めてあんたはいいことを言った。俺はその二つを混同するんだ。俺の勝手だろ」

ドニーはそう言いながら、バーテンのブラッドのほうに向き直った。

「君を愛してる。だから、気分が悪いんだ」

ブラッドはぎょっとして、グラスを磨いていた手を止めた。

ドニーは一気にまくしたてた。

「明日、歯の矯正《きょうせい》手術を受ける。その後でゆっくり話そう。歯を治すんだ。君を愛してるよ、ブラッド」

人前で、男から求愛されたことに、しかも大声ではっきり言われたことに、ブラッドは戸惑いを隠せず、ただカウンターの中で茫然《ぼうぜん》と立ちつくしている。

「愛してくれりゃ、俺は君に尽くすよ。先人賢者の言葉を知らなくても、正解を知らなくても、叱《しか》ったりせず、教えてやるよ」

ドニーは、ブラッドを真剣な面持ちで見つめていた。

「すごい惚《ほ》れようだ」

またサーストンが茶化したが、ドニーは今度ばかりは黙っていなかった。

「お前は黙ってろ。口を出すな！」

「そう怒るなよ」

ドニーは無視して続けた。

「ブラッド、君が僕を愛してないのは分かってる」

「若さにだまされるなよ」

サーストンはしつこく混ぜっ返す。

ドニーは構わず続けた。店のあちこちをうろうろし、知識をふりまいた。

「〝共通の物質〟って問題を知ってるか？　俺は答えを知ってる。クイズで、その質問が出たんだ。炭素だよ！　鉛筆の芯《しん》の炭素は黒鉛と呼ばれる。不純な炭素は石炭だ。硬質の炭素はダイヤさ」

そこでドニーは急に、司会のジミー・ゲイターのまねをし始めた。

「いや、いや、余分な知識のご披露《ひろう》ありがとう。子供の頭は、余分な知識で一杯なんですな。名言あり、〝過去を捨てても、過去は追ってくる〟」

ドニーは自分の口調に戻って、最後に言った。

「若さを追うのは、別に危険なことじゃないんだ」

しかし、その後ドニーはバーのトイレに駆け込んだ。便器の中に顔をつっ込み、吐き続けた。

デートの約束を取りつけたジムは、パトカーの中で思わず叫んでいた。

「やった！　こういうのを待ってたんだ！」

ジムはハンドルをとりながら、一人つぶやき、雨の降るロサンゼルスの街を流していた。

「こういう任務を夢に見てた。時々、神は祈りにお応《こた》えくださる。『ジム、お前を驚かしてやろう。若い女性に会わせてやる。その後はお前に任せるから、ヘマするなよ』ってな……どうです、神様？　ヘマをせず、与えられたチャンスを生かします。俺は幸せ者だ」

と、レインコートに身を包んだ男が、雨の中、信号機のない道を反対車線側に横断した。

「おい、歩行者は車道に出るんじゃない！」

普通の警官なら見逃すところだが、真面目《まじめ》なジムはわざわざUターンし、男の後を追った。


スタジオでは、まだスタンリーが抵抗していた。

「僕はパスします」

ジミーは、その旨《むね》をみんなに伝えた。

「スタンリーは、他《ほか》の子に譲りたいと言ってるが」

他の子供たちは、猛反対した。

リチャードは、ジミーに直訴した。

「スタンリーを出してよ」

しかし、スタンリーは「イヤだ」の一点張りだ。

フィルからの電話をジャネットを通じて受けたドクは、ロビーからエレベーターに向かっていた。

事の重要性に気づいたジャネットは、フィルと最後の確認をした。

〝フィル、まだつながってる？〟

〝ああ、まだ聞こえるよ〟

〝フランクと父親の話を誰かにしゃべった？〟

〝いや、まだだ〟

〝漏《も》れると、うるさいから、誰にも話さないでね。内輪の問題だから、お願いよ〟

「一体何の話なんだ？」

二人の会話を電話で聞いているのに、ドクはさっぱり要領を得なかった。

〝黙って、ドク。フィル、もう少しだから、切らないで。ドク、フランクはどこなの？〟

ドクは階上に向かうエレベーターの中にいた。

司会のジミーは、画面に映らないようにメアリーに支えてもらいながら、すっかり仲間割れした格好のチビッコ・チームに近づいた。

「リチャード、ジュリア、どうする？　早くしないと。一対一の対決だよ」

太っちょのリチャードは、半べそをかきながら、ジミーに訴えた。

「スタンリーが出るのを嫌がってるんだ」

スタンリーはまだ抵抗していた。

「なぜ、何でも僕ばかりに？　もうイヤだ」

プロデューサーのバートは、怒鳴り声を上げそうになった。

「あのガキ！　どういうことだ？」

チビッコ・チーム担当のシンシアも首をかしげた。

「さっぱり分からないわ」

スタジオのコントロール・ルームは、もうパニック状態だった。

ディレクターは怒鳴《どな》っていた。

「早く立て！　番組がオシャカだ！　クソガキめ！」

楽屋で観ている親たちも気が気ではなかった。

ジュリアの母親が言った。

「何のマネ？　お遊びのつもりなの？」

リチャードの父親も、半分、立ち上がりかけていた。

「一体、どうしたっていうんだ？」

いちばん興奮していたのは、スタンリーの父親のリックだった。

「バカヤロー、立つんだ！」

そう言って、リックは、椅子《いす》を壁に投げつけた。

ドクは、インタビューが行なわれている階でエレベーターを降りた。

「エレベーターを降りたぞ」

〝いいわ、急いで〟

「廊下を歩いてる」

その頃スイート・ルームの中では、ついにフランクがグウィネヴィアに宣告した。

「時間切れだな」

グウィネヴィアも負けてはいなかった。

「無言で時間稼ぎ?」

フランクは立ち上がって、座っているグウィネヴィアの前に進み出た。

「約束の時間は与えたはずだ。俺を嘘《うそ》つき呼ばわりして、非難した。『聞いて悪かったかしら、攻撃じゃないのよ』だと? 俺は約束を破る男じゃない」

フランクは急にグウィネヴィアに顔を近づけた。

「約束の時間は与えたんだ、メス犬め!」

そう言うと、グウィネヴィアの頭に唾《つば》を吐いた。

怒り狂ったグウィネヴィアはフランクにつかみかかろうとしたが、フランクはスタッフに囲まれて、部屋を退出していた。

そして廊下でドクと鉢合わせになった。

ドクが言った。

「ジャネットから電話です。何かあったみたいです」

フランクは、その電話を取った。

「ジャネット、どうした？」


ジミーは、スタンリーのいる席に近づき、少し見下したように言った。

「どうも煮えきらない子供ですな」

客席から笑いが漏れた。

スタンリーは立ち上がり、怒りをこらえた様子で真剣にしゃべり出した。

「何がおかしい？　僕はかわいい子供なんかじゃないんだ。そんな見方はよせ」

スタジオ内はしんと静まり返った。

「僕はオモチャでも人形でもない。子供がかわいいだって？　そうじゃない。フツーじゃないと思ってるくせに。何でも答えられて、頭がよくて……ちゃんとトイレにも行く子ってね。そうだろ？　ジミー」

ジミーは、急に自分に振られてたじろいだ。殺気立ち、すべてを見透かしているようなその目に。

「聞いてるんだ。答えてよ」

「どういうことなんだ?」

ジミーは、そう答えるのが精一杯だった。

スタンリーは涙ながらに訴えた。

「僕は頭がいい。頭がいいから、僕をバカにして見世物にしてる。僕は物知りだ。でも、トイレにも行きたいんだ」

プロデューサーのパートは、指示を出した。

「タイトルに切り替えろ」

スタンリーは、そうと分かると、すぐにトイレへと、誰よりも早く走った。

楽屋では、父親のリックが画面に向かって叫んでいた。

「チクショー! 台なしにしやがって! ファック! 何て子だ!」

番組はうやむやなまま、全員納得《なっとく》のいかない形で次週まで持ち越しになってしまった。

ジミー始め、出演者もスタッフも三々五々、控え室やコントロール・ルームに戻っていった。

ジミーは、アシスタントのメアリーに肩を貸してもらいながら、引き上げていった。

「家に帰るよ。ローズのところへ」

チビッコ・チームも大人チームも勝敗の行方《ゆくえ》が分からず、いかにも拍子抜けしたように楽屋に引き上げかけた。

その時、リチャードが言った。

「僕らが勝ったのか？」

ルイスが答えた。

「お前のチームの負けだよ」

ジュリアが抗弁した。

「まだ途中よ！」

「スコアの点数通りさ」

ルイスは、引き下がらなかった。

興奮して暴れ出したリチャードを、シンシアやスタッフが三人がかりで取り押さえた。

リチャードはなおも、ルイスに向かって怒鳴りまくった。

「何が、スコアだ！　アホ！　クイズ番組は野球とは違うんだ！」

シンシアが制した。

「もう、やめなさい！」

リチャードは、それでも納得しなかった。

「あいつが、ションベン漏らしたからだ！」

そこへ、スタンリーの父親も悪態をつきながらやってきた。

「スタンリー！」

しかし、スタンリーの姿はどこにもなかった。

手を差し伸べたプロデューサーに、父親のリックは毅然《きぜん》とした言葉を吐いた。

「汚らわしい手で触るんじゃない。このポルノのプロデューサーが！　スタンリー、どこだ?!」

自宅でテレビを見ていたクローディアは、父親の番組の最後に流れた製作会社のテロップを、涙を流しながら見ていた。

そこには、確かに〝製作：アール・パートリッジ・プロダクション〟と書かれていた。死の床にいる、フランクの父親の会社の名前が……。

雨は降り続けていた。

13

ジム・カーリングは、雨の中不審な男を追って、立ち並ぶ民家の背後の藪《やぶ》をうろうろしていた。人影はいつのまにか見えなくなっていたが、警官としての直感が働いた。何か事件の匂《にお》いがしたのだ。

それにしても、雨の勢いは激しく、一向に収まる気配がなかった。ロサンゼルスは雨がほとんど降らない土地なのに、どうして今日に限って、こんなにどしゃ降りなのか。ジムにもさっぱり分からなかった。

とある民家の茂みの様子を見ていた時だった。物陰から何者かが突然、発砲してきたのだ。ジムはかろうじてよけたものの、雨で濡《ぬ》れている葉の上ですべり、転んでしまった。

しかも運悪く、転んだ拍子に拳銃《けんじゅう》を落として見失ってしまった。

発砲した犯人は、雨の中をどこかに走り去った。

「銃を落とした。銃を……」

銃がなければ、犯人を追うこともできない。

ジムは焦りまくった。

「どこだ？　落ち着いて探すんだ。銃はどこだ？」

ジムは、自分に言い聞かせた。しかし、警官が銃を紛失するのは、医者がカルテを紛失するのと同じくらい重大なミスだ。しかも警官の場合は、自分の命がかかっているのだ。

慌てれば慌てるほど、じめじめした暗がりで銃は見つからなかった。銃みたいに重い物が、そう簡単に消えるはずなどないのに。

しかし、いつまでたっても、ジムの拳銃は異次元にワープしたように出てこなかった。

誰もいないホテルの非常階段の陰で、フランクはジャネットと電話で話していた。

〝どうすればいいの？〟

「まあ、待て」

〝早く決めてよ〟

「待ってくれって言ってんだ。待てったら」

どうしたものか、フランクは迷っていた。電話に出るべきなのか、このまま放っておくべきなのか、普段なら決断は人一倍早いフランクだったが、この時ばかりは迷っていた。

看護人のフィルはジャネットの返答を待っている間、ずっと『誘惑してねじ伏せろ』のCMばかりを聞かされ、いいかげんうんざりしていた。いったい、どうなってるんだ？　電話は、また他《ほか》の誰《だれ》かにタライ回しにされてるんだろうか。

いや、ジャネットは、フランクは迷っているから、少し待ってくれと言っていた。その言葉に、あの口調に嘘《うそ》はないだろう。

フランクが出るのをじりじりしながら待っていると、アールの妻のリンダが帰ってきた。

フィルは、送話口を片手で押さえながらリンダに、今起こっていることを伝えた。

「リンダ」

「何なの？」

「アールの息子《むすこ》さんが電話に出てる。頼まれて……」

そう言うと、リンダは逆上して、フィルをたたき始めた。

「切るのよ！　早く切って！」

リンダは、さらに言った。

「これは私の夫と家族の問題なのよ。私と夫の問題に立ち入らないで！」

リンダは、そばで寝ている夫の寝顔を見て、涙声になった。

「あそこにいる素晴らしい人……彼に息子はいない。死んだのよ」

フィルも、目に一杯に涙をためていた。

「誰が頼んだの？」

「彼が……」

フィルはリンダの手を避《よ》けながら、アールのほうを見た。

「嘘《うそ》つき！　会いたがるはずないわ！　ありえないわ！」

リンダは、泣きながら、持っていたハンドバッグを振り回してフィルを遠ざけようとした。

「あなたに頼むなんて！　彼にはわたししかいないのよ！」

「さあ、昼休みは終わった！　昼飯はうまかったか？」

自分だけにスポットが当たる暗いステージに笑顔をふりまきながら、フランクは元気良く登場した。

「食い物のことなんかどうでもいい。君らは啓蒙《けいもう》と教化を求めて、ここに来てるんだ。俺が君らを、道とは言い難い未来に送り込む！」

イェー！　とあちこちから歓声が上がった。

「〝愛情と優しさがあるように見せかけるテクニック〟……これは本の中でも重要な項目だ。それでは早速、話の要点に切り込もう」

フランクは、そこでいったん間を置いた。

「男はみんなクソだ」

場内が急に静まり返った。

「違うか？　男はみんなクソだ！」

まだ静まり返っている。

「そう言われるだろ？」

そこで、反応が返ってきた。

「男はゲスだ。ひどいことをする。男は、女が絶対にしないようなひどいことをする。女は嘘をつかない。女は裏切らない。女は男を操らない。何が言いたいか分かるだろ？　今の社会に育つ男の子は言う。『すげえ、女だあ！』ってね。『女に謝れ』と教えられる。『謝る、ベイビー、ごめんよ！』ってな」

フランクはそこで、ひざを折り、謝るまねをしてみせた。

そして、また立ち上がった。

「なぜだ？　割れ目に突っ込みたいからか？　それとも愛が欲しいからか？　『ママは勉強しろと言い、パパは僕を殴る』『それで、僕はこういう人間になった』ってか！……ふざけるな！　自分は自分、謝らんぞ！　何を欲しようと謝らない！」

また歓声が巻き起こった。

「何を望もうと謝らない！　よし！」

フランクは、横にあったテーブルからパンフレットを取り上げた。

「ブルーのパンフの十八ページを開いてくれ」

と、すぐに自分の間違いに気づき、悪態をついた。

「クソッ！　間違った！」

フランクは怒ってテーブルをひっくり返した。そんな光景は毎度のことだったので、客席がざわめくようなことはなかった。ただ、黙ってフランクを見守るだけだ。

例の電話の影響などおくびにも出していないようだったが、やはり影響はあったのか。電話に出た影響なのか、それとも切ってしまった影響なのか、それはフランクにしか分からなかった。

フランクは、ステージの上から白いパンフを拾い上げ、それを掲げながら、続けた。

「白いパンフを開いてくれ。白いパンフだ。白いパンフの二十三ページ。〝見せかけの愛情と優しさ〟の項だ」

フランクには、ページも何もかも頭に入っていた。

そして、自分にだけ当たっているスポットが、彼には白い闇《やみ》に見えた。まぶしくて、見えない光の向こうには何が、誰が待ち受けているのか。

今の自分は、その白い闇そのものだった。

しばらくたって、ようやく冷静さを取り戻したリンダは、夫のベッドのかたわらに添い寝して、寝顔をじっと見ていた。

まるでこの寝顔を見るのが最後だと言わんばかりに、いつもよりいとおしそうに、リンダは夫の顔を見ていた。

「愛してるわ」

リンダの瞳《ひとみ》は、初めて愛の告白をした時のように澄みわたっていた。

夫はかすかに何かしゃべったようにも見えたが、またすぐに眠りに落ちた。

そんな様子を部屋の端のほうから見つめながら、フィルはあふれる涙を何度も何度もぬぐっていた。

リンダは立ち上がり、フィルのほうに近づいて優しく言った。

「さっきは、ひっぱたいたりして、ごめんなさい。許してね。自分でも自分が分からなくなって。バカなことばかり。バカなことを……お願い……許して」

リンダも涙ぐんでいた。

「いいんです」

「彼にも謝ってね。わたしのしたひどいことを、『許して』と。あの人を振り返らずに、このまま出て行くわ」

どこへ？　とは言わせない何かがあった。彼女は何か、ただならぬ決心をしたのだとフィルは感じたが、そこまでの決意をした人間を引き止めるだけの技量は自分になかったし、そういう立場にもなかった。

「わたしは大丈夫だと、彼に伝えてね。あの人にお礼を。わたしは大丈夫だと。約束よ」

フィルはうなずいた。何度もうなずいた。

そしてリンダは、本当に一度も後ろを振り返らずに出て行った。

涙でゆがんだリンダの後ろ姿を、フィルは立ちつくしたまま、いつまでも見守っているしかなかった。

それから、どれくらいの時間がたったろうか。

アールが、突然、目を覚まし、たどたどしい声でフィルを呼んだ。

「フィル……フィル……ここへ来てくれ。フィル……」

フィルは、すぐにベッドのそばに寄った。

「君に話しておきたいことがある。君はリリーを知ってるか?」

「いいえ」

「リリーだよ」

そう言われても、フィルにはまったく記憶がなかった。それとも、また意識が混濁しているのだろうか。

フィルは、耳元ではっきりと言った。

「知りません」

アールは、しゃべり続けた。

「わたしが生涯で本当に愛したただ一人の女だ。学校で……わたしは十二歳。六年生の時に彼女に出会った。わたしの友達が彼女を知っててね。『彼女はどういう子なんだ？』と聞いたんだ。すると、友達は言った。『アバズレさ。男と寝まくってる』とな……。

その後、学校は別だったが……その後……あれは何と言ったかな……高校の最後に来るものは？」

「卒業式ですか？」

とフィルが言った。

「違うよ。学年だよ」

「高校三年です」

「そうだったな」

アールは、そこで一息入れて、また絞り出すように続けた。

「わたしは彼女の学校に転校した。高校三年の時にな。そして、出会ったんだ。まるで人形のようだった。美しい陶器の人形そっくりで。腰は、何人もの子供を産む腰だった。きれいだったたな」

そこで、またアールはひと呼吸置いたが、それからが苦しそうだった。泣いているのか、うめいているのか、分からない、何とも形容のできない告白が始まったのだ。

「それなのに、わたしは彼女を裏切った。何度も何度も。〝男〟になりたかったのさ。だが、妻を〝女〟にはしたくなかった。頭がよく、自立した、個性を持った女には……ああ、わたしは何というバカ者なんだ。何というバカ！　何を考えていたのか……愛想が尽きる。

わたしのしたことは何だったんだ？　二十三年もわたしに連れ添った妻だった」

フィルは、初めて告白される身の上話を興味津々《しんしん》と聞いていた。それは、この変わり者の老人がどんな人生を歩んできたか知りたいという下世話な興味からではなく、いずれは自分もこのような老人となり、同じような悔恨《かいこん》と苦渋を味わうのかもしれないと、他人事《ひとごと》とは思えなかったからだ。

老人は、さらに訥々《とつとつ》とした口調で話を続けた。

「その妻を裏切って、数え切れない女を抱いた。何という愚かなことを。外で女を抱いて、家に戻ると、妻のベッドにもぐり込み、『愛してるよ』とぬけぬけと言っていたのだ。ジャックの母親だ。それがリリーだよ。リリーとジャック……そう、わたしは二人を失った。取り返しのつかないわたしの悔いだ。それを……。

『人生には後悔もあれば、得る物もある』そういう歌があったな。その先は忘れた……」

アールは、動かない手を懸命《けんめい》に動かした。

「タバコをくれ」

フィルはすぐにタバコを出し、アールの指の間にはさんでやった。火をつけるまねだけする。アールもタバコをなんとか口元に運び、吸うまね、煙を吐き出すまねをする。

「そういう過ちは、犯すなよ。時には、許される過ちもある。だが、決して許されぬ過ちを犯すこともある。気をつけるんだ。リリーを愛していて、彼女を裏切った。二十三年、連れ添った妻をな」

さらにアールの顔が苦痛にゆがんだ。それは、肉体の痛みというよりは、誰《だれ》にも分からない心の痛みのように見えた。

「息子《むすこ》がいたが、彼女はガンになった。わたしは家を出てて、息子が母親の面倒を見た。たった十四歳の子供が、母親の看病をして、その死を看取《みと》ったんだ。幼い子供が……。わたしはそこにいなかった。そして、妻は死んだ。彼女を愛してた。彼女は知ってた。わたしの愚かな行為をすべて知ってたんだ。だが、愛はこの世の何よりも強い。取り返しのつかぬ悔い。それがわたしを苦しめるんだ！」

聞いていたフィルは、涙が止まらなかった。

「わたしはどうせ死ぬ。死を前にして、これだけは言っておきたい。わたしの人生の最大の悔いは、愛を見過ごしたことだ。何てことを。わたしは六十五歳。恥ずかしくて死にそうだ……。

過ぎ去った昔だが、今も悔いと罪悪感にさいなまれる。忘れるな。『人生を好きに送れば、悔いがない』と言うのは、間違ってる。勝手な生き方を悔いて、心を入れ替えるのだ。悔いを土台にして、自分を正せ。それを忘れるな。結末のない長い話だな。言うなれば、小さな人生訓さ……。

愛……愛……それが人生だ。苦難だらけの人生、そして長い。人生は短いだと？　長い！　いまいましく長いんだ！　いまいましい！　何てことを……わたしは何てことをしたのか。助けてくれ。何てことを……」

悔悟の涙にくれ、生きる苦しみにもだえるアールの口に、ついにフィルはモルヒネ液を垂らした。もういい。すべての痛みを解き放つべきです。…………。意識を手放したアールを見つめ、フィルは泣き崩れた。

玄関のベルが鳴った。フィルが涙を拭《ぬぐ》って出ると、交代の看護人が来ていた。

「やあ、ホアン、元気か？」

メキシコ人の看護人だった。

「どうだい？」

「今晩は、このまま僕が」

「本気か？」

「ああ」

「分かった。じゃ、おやすみ」

そう言い残して、交替要員は帰っていった。

その晩、番組をかろうじて終え、家族同様のつき合いをしているメアリーに家まで送ってもらい、自宅に帰ったジミー・ゲイターは、妻のローズの手厚い看護を受けて、横になった。何もかも忘れて眠ろうとしたが、なかなか寝つけなかった。

銃を紛失したジム・カーリング警官は、応援のパトカーの警告灯の花の中で、まだ銃を探していたが、相変わらず銃は見つからなかった。

テレビ放送の本番中に失禁してしまったスタンリー少年は、父親のいる家にはどうしても帰る気になれず、学校の図書館の窓を割って中に侵入した。そして、どこからともなく射《さ》してくるほのかな緑の明かりの中で、神童に関する新聞記事を読みあさっていた。なぜだか分からないが、ここに来ると、まるで母親に抱かれたような穏やかな気持ちになれるのだ。

酔っぱらって若いバーテンに愛を告白した元天才クイズ少年は、テーブルの上に、クビになった会社の鍵《かぎ》一式を並べ、それにじっと見入っていた。

病床の夫を家に残して出てきたリンダは、ひと気のない場所を選んで車を止め、大量の薬を飲んでいた。

アールの大邸宅の前には、いつのまにかフランクのスポーツカーが止っていた。彼は中に、入るか入るまいか、まだ悩んでいた。車の中から闇《やみ》をじっと見つめている姿は、まるで死の儀式に向かう戦士のようにも見えた。

ジムにデートを申し込まれ、シャワーを浴び終わったクローディアは不安からコカインに手を伸ばしていた。

そして、彼女だけが、一言こうつぶやいた。

「バカなわたし……」

しかし、誰も皆、同じ雨の降る、同じ夜の中で道を見失っていた。

14

〝雨のち晴れ　夜に入って微風〟

元天才クイズ少年のドニーは、ついに決心した。愛するブラッドのため、歯の矯正《きょうせい》計画を実行に移すのだ。したたかに飲んだ酒は、吐いたせいですっかり抜けていた。

カジュアルなジャケットとジーンズにはきかえたドニーは、赤いバンダナを巻き、プラスチックのマグノリアの花びらをかたどった鏡の前で、おのれの顔を見た。そして、その顔に激励の言葉をかけた。

「勇気を出すんだ。行け、行け」

そして、ドニーは黒のウールのキャップをかぶった。

彼はいつも親しくしている近所の女性の家へ行って、車を借りた。自分の車は、今朝コンビニに突っ込んだせいで、オーバー・ホールになっていたのだ。

ドニーは借りた車に乗り込み、目的の場所に向かった。


リンダが去ってしばらくたってから、アール・パートリッジ邸の玄関チャイムが鳴り、犬たちが激しく吠《ほ》え立てた。人が来る時間ではないのを犬たちは、よく知っていた。ドアを開けたとたん、フィルは相手が誰なのか、すぐに気づいた。フランク・マッキーだった。彼はついに来てくれたのだ。

「ちょっと待ってください。お前たちは、下がって」

ドアを少し開けながら、フィルはうるさい犬たちをたしなめた。

「フランク……ジャックですね？」

「フィルかい？」

フランクは、ジャネットから聞いた看護人の名前をちゃんと覚えていた。

「ええ、そうです」

「そうか」

フィルは、少し口ごもりながら、非礼を詫《わ》びた。

「すいません。一生懸命《けんめい》、電話したんですけど、途中で切れてしまって……」

「メッセージは受け取ったよ」

「あ、すいません。電話番号が分からなくて。アールに頼まれたんです。アドレス帳とか八方調べまくりました。でも、電話番号は書いてなくて……まったく……」

フランクは、言葉少なに話した。

「あの、彼女は、何て言ったっけ、彼女もここに？」

「リンダ？　出かけてます。すいませんでしたね。お父さんに捜せと頼まれて、どうしていいか分からず、それで、その仕方なく……中に入ります？」

「ああ、だけど、近づく犬は蹴《け》り殺すからな」

「分かりました」

フィルは五匹の犬を押さえながら、フランクを中へ招き入れた。

「さあ、中へ」

だがフィルが促しても、フランクはなかなか家の中に入ろうとはしなかった。

「ちょっと、ここにいたいんだ」

そう言ってフランクは、玄関のホールにつっ立って、しばらく動こうとはしなかった。

まだ、心の準備ができていない様子だった。

車も通らなければ、人さえ通りそうもないうら寂しい道に、一台の高級車が止まっていた。しかも、中で女が運転席で眠りこけていた。ちょうどそこへ、黒人のラップ少年が通りがかった。

「おばさん、おばさん!」

少年は、きっちり閉まった車の窓をノックした。

「ちょっと、おばさん!」

いくら音を立てても、リンダは目を覚まさなかった。

少年が反対側のドアを開けてみたところ、そちら側はロックされていなかった。少年は中に乗り込み、運転席にずり寄って、なおも女に声をかけ続けた。

「おばさん、どうかしたの?」

リンダが睡眠薬を多量に飲んで自殺を図っていることなど、少年は知る由もなかった。だが様子がおかしいことだけは何となく分かった。念のため、さらに数回激しく体を揺さぶってみた。それでも起きない。寝たふりをしているのではないことを確認すると、とりあえず助手席にあったハンドバッグの中身を見た。

何度も何度も女の様子を見ながら、街灯のかすかな明かりを頼りにハンドバッグの中身を確かめる。中には財布と携帯電話が入っていた。財布の中には数十ドルしか入っていなかったが、少年はまた女の様子を確かめながら、それをポケットの中に突っ込んだ。

そのまま出て行ってもよかったのだが、女の携帯電話を使って警察に通報した。こんな時間にこんなところで寝ているなんて異常な女に違いないが、一応電話するだけの良心は持ち合わせていた。そして、それがどんな結果をもたらすか、遠巻きに見守ることにした。

どうせ、自分の帰る所はろくにない。遊ぶゲームボーイもない。〝ウジ虫〟の父親は、自分を友達の家に預けて、またどこかへ行ってしまった。これは、少年なりのゲームボーイだった。

本番中にとてつもない失敗をやらかしたジミー・ゲイターは、どうしても寝つけず、胃の辺りを押さえながら、ソファで横になっていた。こんな時でもいつまでもつき合ってくれる妻の存在がこの上もなくありがたかった。

ローズは、娘のクローディアが家を出てから覚えてしまった酒を、ソファの横で飲んでいた。緑が基調のこの部屋のインテリアは、まさかローズの好きなジンライムに合わせたものでもあるまいに。グラスの中の氷が、カチンと鳴った時、ジミーは話し始めた。

「どうすればいいのかな」

もちろん、ジミーがそう言ったのは、番組のことも含めた、今後の人生のことだった。ローズがジンを飲んでいるのを見ても、不思議とジミーは飲む気がしなかった。ひょっとしたら、今日倒れたのも、本番前に飲んだ気付けのウィスキーのストレートのせいだったのかもしれない。

「どうにかなるわよ。何とか切り抜けるのよ。いつもそうしてきたじゃない。なるようになるわ」

ジミーは、妻にそう慰められると、急に不安になった。

「わたしを愛してるか？」

「わたしの王子様よ」

「俺は悪い男だ」

ジミーは、伏し目がちにぽつりと言った。

「そんな……」

初めはローズも、夫が何のことを言っているのか分からなかった。

彼女がにっこり笑って、本気にしてないので、ジミーは真面目《まじめ》な顔で言った。

「本当だ。今こそ白状するよ。きれいにうち明けたいんだ」

穏やかならぬ口ぶりに、ローズの顔が少しライム色に染まったかに見えた。

ジミーは、そんなローズの顔を見ずに続けた。

「バカげた行ないを謝っておきたい。君を裏切った」

ローズは、ごくっと一口ジンライムをあおった。

「裏切った自分を悔いてる。苦しくてたまらないんだ。言っておくが……」

ジミーは、とぎれとぎれにしゃべった。

「君はたぶん……気づいてただろう……だから、この告白は、僕の心の安らぎのためでなく……君が『やっぱり！』と思うためのものでもあるんだ」

ローズは何も言わず、酒をちびちび飲みながら、夫の話をただ聞いていた。

「君は鋭い。偉いよ」

夜の十時きっかりに、ジムはクローディアを迎えに来た。ドアをノックすると、クローディアは走っていって、ドアを開けた。

チェックのカラーシャツにコーデュロイのジャケットを着たジムは、日曜学校に出かける子供みたいだったが、クローディアの目にはちょっとおっかない顔をしたテディ・ベアに見えた。二人はすぐに車に乗り込み、ジムの行きつけらしい、〝ビリングスレーズ〟というレストランに入った。

料理の後、クローディアはいきなりジムにこんな話をした。

「デートして、嘘《うそ》をついたことある?」

普通は世間話とか軽い話から入るところだろうが、ジムはいきなりのシリアスな質問にどぎまぎした。どんな恐ろしい事件でも冷静に対処してきたジムなのに、事件の時よりも動悸が激しい。

クローディアは構わず、しゃべり続けた。

「次から次へと嘘をついたこと?」

とにかく、彼女には落ち着きというものがない。それはジムも気づいていた。しかし、その落ち着きのなさがどこから来るのか、ジムにはまだ分からなかった。

「自分をカッコよく見せようと思って。頭のいい人間に見せようとして、嘘ではないまでも何かを隠したりしたことない?」

無口だったジムが、やっと口を開いた。

「デートしてる時は、誰だってそうするよ。相手の気を惹《ひ》きたいと思ってるからね。でなきゃ、こんな話をしたら、嫌われるんじゃないか、とかね」

そこへ、皿を下げにウェイターがやってきた。

「ありがと」

「どうも」

二人とも礼を言ったが、そこに生まれた間《ま》のありがたかったこと。それは、二人とも同じだった。

また、クローディアのほうから切り出した。

「経験あるの？」

「デートは、あまり……」

「なぜ？」

「デートに誘いたいと思う女性が少なくてね」

「いつもそう言ってるんじゃないの？」

「いいや、言わないよ」

クローディアは、ジムの目をじっと見ていた。ジムは、クローディアのドレスに今気がついた。ダークオレンジ色のワンピースがブロンドの髪によく似合っている。しかも胸元が結構開いていたので、なるべくそちらを見ないようにしていた。

「約束してくれる?」

クローディアが言った。

「いいよ」

「人って、何かを隠したり、怖くて本当のことを言わないことがあるから……」

クローディアは、一度言葉を切ってから、また続けた。

「今まではそうでも、これからはやめましょうね」

ジムは、すぐに答えた。

「約束する」

「じゃあさ」

クローディアは、長い髪をかきあげた。

「わたしも全部話すから、あなたも全部話してね。そうすれば、ヘドやクソも乗り越えられるでしょ」

沈黙が流れた。

ジムは、クローディアの強烈な言葉遣いにちょっと戸惑っていた。普段なら、叱《しか》るところだが、ジムはクローディアにだけは嫌われたくなかった。

だから、下を向きながら、こんなふうに言うのが精一杯だった。

「すごいな……ヘドやクソか……大胆な表現だな」

クローディアは、ジムがなぜもじもじしているのか、やっと分かった。汚い言葉が、ジムを困らせていたのだ。

「ごめんなさい」

「いや、いいんだ」

「汚い言葉だったわね。悪かった」

「いや、別に構わないよ。僕こそ悪かった」

また、失敗をやらかしてしまった。それに気づいたクローディアは、またパニック状態になった。コカインをやらなければ、不安で、とても場が持ちそうになかった。

「ちょっとトイレに行かせて」

ジムが返事をする前に、クローディアはとっくに席を立って、トイレに急いでいた。

しかし、ジムは自分が何かまずいことを言ったのではないかと、逆にそればかり気にしていた。


〝ソロモン&ソロモン電気商会〟の前に、カー・ラジオのどでかい音を鳴らした車が一台止まった。隣人から車を借りてドニー・スミスが向かった先は、今日まで自分が働いていた電気屋だったのだ。

ドニーはまず車を止め、まるで夜勤に出るかのようにてきぱきと車を降り、腰に留めたワイヤー式のキーホルダーから鍵《かぎ》を出し、会社の裏口のドアを開けた。

ドニーは、豪華な電気製品の並ぶ店内をつかつかと歩き、秘密のハシゴ段を登った。そのハシゴ段は屋根裏の秘密の小部屋に通じている。そこには会社の隠し金庫があった。

いつも鍵を預けられていたドニーは慣れた手つきで潜水艦のハッチのような丸い扉を開け、その裏に張りつけるように隠してあった札束を次から次へと出し、用意してきた袋の中に詰めた。そこにあるだけの現金をせしめると扉を閉め、またハシゴ段を降りて、裏口の鍵を締めた。

そこまでは、すべてが順調にいっていた。

ところがだ。鍵を締めて、ワイヤーを引っぱったところ、鍵の先が折れて鍵穴に残ってしまった。ワイヤーが運んできたのは、コインのような鍵の丸い部分だけだった。

ドニーは別に気にも留めず車に戻り、エンジンをかけて、夜の街にすべり出した。

玄関ホールに立っていたフランクは、やっと心の整理がついたのか、まるで執事《しつじ》のように腕を前で組んで見守っていたフィルに言った。

「よし、奥へ行く。犬どもは？」

「窓際にいる」

それを確認すると、さらにフランクは指示を出した。

「いっしょに来てくれ。だが、距離を置くんだ。病人がどうにかなっても、俺《おれ》は助けないからな。それと、くどいようだが、犬がそばに来たら、蹴《け》り殺すからな」

「分かった」

フィルは、そう言って約束した。

フランクは、部屋の周囲を見回した。緊張からか、ぎこちなく体を揺らしている。大きな広間の先にアールのベッドが見える。

フランクはSWATの隊員のように、慎重に慎重にベッドのほうに近づいていった。そして、かなり距離を置いて、フィルも背後から近づいた。

フランクは、ベッドに寝ているアールの姿を見ると、一瞬、そこに立ちつくした。それから意を決して、ベッドのそばにひざまずいた。

しかし、落ち着かないのか、何度もため息をついた。

アールは、眠っているでもなく、かといって寝息もたてておらず、ただ酸素吸入器の音だけが聞こえていた。

「アール、思ったより元気そうだな」

アールは目をつぶったまま答えなかった。意識は、あってないようなものなのだ。

フランクは、必死に怒りをこらえながら言った。

「ゲス野郎！　チンポ野郎！　あんたの口癖だった。貴様こそ、チンポ野郎じゃないか。傷つくだろ」

まだ、返事はなく、これからもなさそうだった。フランクは胸に込み上げる感情を抑えながら、吐き捨てるように続けた。

「苦しいか？……母さんも苦しんだんだ。最期まで苦しんだ」

フランクはぶるぶる震えながら、殴りかかろうとする右手を左の手で懸命《けんめい》に押さえていた。しかし、あまりに力がこもっていたので、その両手もわなわなと震えていた。

「俺は、それを見てきたが、貴様は……貴様は……逃げ出しやがった」

後ろに立っていたフィルは、手を口に当てて、涙を必死にこらえていた。

「俺は看病した。母さんは連絡を待ってた。あんたが戻るのをな……」

そこでフランクは、言葉に詰まった。そして、またぶるぶると震え出した。憤怒、激怒、悔恨《かいこん》……そんな抽象的な言葉は、あの過去を思い返せば、どれもあまりにも無力だった。しかし、フランクの心の、魂の奥底からあふれ出すものがある。この思いは何なんだ。必死にこらえても、抑えようとしても、自分の命令を無視して、涙が込み上げてくるのだ。

フランクは、なかば叫ぶように言った。

「お、俺は、ぜったいに泣かないぞ。き、貴様の前で涙なんか見せるもんか！」

しかし、フランクの目には一筋の涙が流れていた。

「聞こえてるんだろ？　お、俺は貴様って人間を憎んでる。死にやがれ！　このくたばり損ない！　苦しみ抜いて死ぬがいいんだ！」

ついに、フランクは泣き崩れた。

15

ラップ少年の通報によって、リンダの車にパトカーと救急車が急行していた。リンダは担架で運ばれたが、遠くから様子を見ている少年には、彼女が生きているのか死んでいるのか、確認する術《すべ》はなかった。ただ、死んでいたら、救急車が警告灯を回しながら急発進することもないだろうと思った。子供心にもそのぐらいのことは分かった。

〝ゲーム〟があっけなく終わるのを見届けた少年は、また自作のラップを、物陰でひとりで口ずさんでいた。

〝意地を張るのはやめるんだ
俺は預言者
ウジ虫の話をしてやろう
踏みつぶされるのがウジ虫の運命
悪魔から逃げても
上前《うわまえ》をはねられる
痛めつけてもいいタマなら
タマには痛めつけてやるさ〟

新しいジンライムを飲みながら、ローズはまだ夫の話を聞いていた。浮気を告白されても、それほど心の動揺はなかった。酒のせいで、麻痺《まひ》してるからだろうか。いや、夫の言うとおり、彼女はその事実をうすうす感じ取っていたのだ。

「どう、話してサッパリした？」

夫は、相変わらずソファに寄りかかり、腹の辺りを押さえていた。

「わたしは怒ってないわよ。怒ってるけど、でも、怒ってない」

「愛してるよ、ローズ」

ローズは、またジンライムを飲んだ。

「でもね、わたしにはまだ聞きたいことがあるのよ」

ジミーは身がまえた。

「クローディアは、なぜあなたと話そうとしないの？」

母親のローズには、それが長年、気がかりでならなかった。夫も長年隠していたことをついに告白したのだ。告白ついでに、ローズも積年の疑問をぶつけてみた。

「なぜ？」

ジミーは、意味なく言葉を繰り返した。

「それは、おたがい、分からん」

ローズはあきらめなかった。

「隠さないで」

「分からんよ」

「話して、ジミー」

ジミーは、しばらく考え込んでから、意を決するように言った。

「あの娘は思ってる。わたしが性的なイタズラをしたと。わたしにひどいことをされたと思い込んでる」

一瞬、ローズはぎょっとした。みるみる顔から血の気が引いて、引きつっているように見えた。

「家を出て行く時にそう言ったよ」

ローズは、ジンライムを一気に飲んだ。

「十年前だ。『パパが触った』と。とんでもない思い込みだ。思い違いだ」

ローズは、グラスをテーブルの上にドンと置いた。

「手を出したの？」

「分からん」

「ジミー！」

「本当に分からん」

「正直に言って」

ジミーは、動揺して口ごもった。

「じ、自分でも、何をしたのか……」

「分かってるくせに」

ローズは立ち上がり、興奮気味に長い髪を手でかき上げた。

「分かってるくせに！」

ジミーは、それでも必死で訴えた。

「分からないんだよ。お願いだ、信じてくれ！」

ローズは落ち着かない様子で部屋の中を行ったり来たりしていたが、ついに血相を変えて怒鳴った。

「独りぼっちで死ぬがいいわ！」

ジミーは、まだソファに座ったまま、事態の急変に気づかなかった。

「わたしが一体何をしたって言うんだ？」

ローズは、込み上げる涙をぐっと抑えるように天を仰いだ。

「分かってるくせに！」

「分かってると言ったら、ここにいてくれるかい？」

「いやよ！」

「本当に分からないんだ」

「そんなはずはないわ！」

そう言い捨てると、ローズは上着を持って出ていってしまった。

クローディアはトイレから戻るなり、椅子《いす》に腰かけていたジムのほおにキスした。

「キスしたくて」

ジムは突然で驚いたが、正直、嬉《うれ》しかった。

「したいことをして幸せ」

クローディアは座り、また落ち着きなく、自分から話し出した。

「言ってもいい？」

「もちろん」

ジムは、少し戸惑っていた。

「ああ、緊張する。こんなことを聞くと、きっとあたしのこと、嫌いになるから」

「どういうことさ？」

「あなたは、とてもいい人よ。ちゃんとしてるし。警官で、まっすぐな人。どんなことにも、迷いがないもの」

ジムには、よく分からなかったが、クローディアの不安を少しでも軽くしてやりたかった。それに、クローディアが自分のことを買いかぶっているので、それがジムを不安にさせていた。

「僕だって、銃をなくした。今日、銃をなくしたんだ。みんなの笑い者だよ。君にうち明けとく。ずっと考えてる。バカだと思うだろ。でも、僕はバカなんだ。君は何でも正直に話そうとしてる。だから、僕も正直に話すよ。銃をなくしたんだ。最低の警官だよ。きっとバカにされる。君にもきっと嫌われる」

するとクローディアはにっこり笑ったのだ。

「ジム。嬉しいわ。正直に話してくれて」

ジムは、たどたどしいしゃべり方で、クローディアに懸命《けんめい》に訴えた。

「デートなんて、最初の結婚以来だよ。もう三年たってる。どんな話しにくいことでも、僕は驚かない。僕はちゃんと聞く。君の望む、いい聞き手になる。それに、絶対に君を裁いたりしないよ。ちゃんと聞く。僕がどう思うかなんて、そんなことは心配せず、何でも話を。ちゃんと聞くから」

「わたしはバカな女よ。イカれた女なの。トラブルだらけだし……」

「こんな話するなんて、バカだったわ」

「何でも受け止めるよ」

「何でも聞く。言ってみろよ」

すると、クローディアが突然、言った。

「キスしたい？」

「したい」

二人は人目も気にせず、立ち上がってテーブル越しにキスした。

幸せの絶頂の次の瞬間、ジムはどん底に突き落とされた。キスの味が消えないうちにクローディアが、こう言ったからだ。

「もう二度と、会うのはやめましょう。約束して」

一体何のことなのか、ジムにはさっぱり分からなかった。

「そんなバカな……クローディア！」

クローディアは、すぐに店を出ようとした。

「話してくれ」

ジムが懸命に引き止めたが、クローディアはきかなかった。

「お願い、行かせて」

そして彼女はジムを残し、泣きながら店を出て行ってしまった。


アールのベッドのそばで、フランクはまだ泣き崩れていた。

「どうして、電話なんかしたんだ？」

フィルは、後ろで肩を震わせながら、泣いていた。

「俺はあんたが憎い！　呪《のろ》ってやる！　クソッタレのバカ野郎！　クソ、クタバレ！」

アールが少しうめいたようだったが、フランクは気づかなかった。

「呪ってやる！　このクソッタレのバカ野郎！　クソッタレのバカ野郎！　頼む、死なないでくれ！　バカ野郎！　死なないでくれってんだ！　クソ！　このクソッタレのバカ野郎が！……」

フランクは、アールの顔を手で揺さぶり、何度も何度も叫んでいた。

ベッドの上の父親の顔をじっと見ていたフランクは、彼がふと目を開いたことに気づいた。老人は、どうやら息子に気づいたようだった。しかし、声はもう出なかった。

二人は、たがいの目をじっと見つめ合っていた。二人がこんなふうに見つめ合ったことが、長い人生でたった一度だけあった。それはフランクがこの世に生を受けた瞬間に分娩《ぶんべん》室《しつ》で、親子として見つめ合ったときだった。それもこれで最後だ。

アールは、フランクがじっと見つめる中で、静かに息を引き取った。

羊水のように浮かんだ涙のベールの向こうの、海のように透きとおったフランクの瞳に見守られながら……。

リンダを乗せた救急車が交差点の赤信号を無視して右折した時、金庫から金を盗んだドニーの車とすれ違った。ドニーはサイレンの音を聞いて、急に我に返った。そして、車の中で叫んだ。

「俺は何を？　俺は一体何をしてるんだ。一体何をしてるってんだ！　アホめ！」

ドニーは、車をUターンさせ、犯行現場に戻った。

「まったく……」

〝ソロモン＆ソロモン電気商会〟に向かうドニーの反対車線を走っていたのは、クローディアを乗せたタクシーだった。もちろん、おたがいの素姓《すじよう》は知る由もない。そして、そのタクシーの後部座席で、クローディアは泣きながら、堂々とコカインを吸引していた。

別の交差点で、サイレンを鳴らしながら通りすぎた救急車をやり過ごしたのは、夫を残したままどこかへ向かう、ローズの車だった。

ローズの車と交差点ですれ違ったのは、クローディアに去られて、一人寂しく帰途に就いた、ジムの車だった。

ドニーの車は、再び〝ソロモン＆ソロモン電気商会〟の裏口に着いた。ドニーはエンジンを切り、慌てて鍵《かぎ》を開けようとしたが、鍵は折れたまま鍵穴に納まっていた。困ったドニーは、二階からだったら何とか中に忍び込めるのではないかと、角の雨樋《あまどい》を登り始めた。

そこにちょうどジムの車が通りかかった。ジムには、ビルの横で怪しい人影が走ったのが見えた。誰《だれ》かが電信柱に登っている。月明かりで見えたその姿は、元天才クイズ少年ドニーではないか。

ジムは舌打ちをすると交通量の少ない通りをUターンし、〝ソロモン＆ソロモン電気商会〟の前に向かおうとした。その瞬間、ドスンという鈍い音と衝撃が走り、驚いたジムは急ブレーキをかけた。

猫か、あるいは犬でも轢《ひ》いたのだろうか。それとも、人を轢いたのか。

ジムは辺りをきょろきょろ見回したが、誰もいなかった。

そして、またドスンという音がした。

よく見ると、フロントガラスの上にガマガエルが一匹いる。そしてボンネットの上にもう一匹。フロントガラスのカエルは、ねっとりした体液をねばつかせながら、ボンネットまで雨だれよろしく、ずるずると落ちていった。

一体何ごとなんだ？　ジムはドニーのことよりも、カエルのことが気になった。

空からカエル？　一体どうなってるんだと、狭い車の中から空を覗《のぞ》くと、まるでソフトボール大の巨大な雹《ひょう》が落ちてきたみたいに、ものすごい音を立てて、カエルの雨が降ってきた。

動転したジムは、なんとかカエルの雨を避けようと、車を動かした。しかし、道路の上はカエルだらけで、車は思うように動かなかった。

自宅に戻り、ひとりでコカインを吸っていたクローディアは、薄暗い部屋の中で泣いていた。と、月明かりの当たる黄色いカーテンを影が走った。

何かの気配と物音を察知して、クローディアは後ろを振り返った。心配になってカーテンを開けた瞬間、カエルの雨がぼたぼたとものすごい音を立てて降り始めた。カエルの雨足はきつく、ガラスを突き破って中に飛び込んできた。

「きゃーっ！」

クローディアは、思わず壁際に跳ねのき、窓から入ってきた土色の侵入者たちを恐ろしそうに見ていた。


アールの邸宅では、犬が外に向かってやかましく吠《ほ》え立てていた。窓から外を見たフィルはその場に凍りつき、思わずつぶやいた。

「空からカエルが降ってる！」

カエルが落ちたプールは大きなしぶきを上げ、まるで溶岩が噴き上げたように見えた。


リンダを乗せ、病院に向かって猛スピードで走っていた救急車は、路上のおびただしい数のカエルを踏みつぶしてスリップし、横転してしまった。だが、中にいたリンダはベッドの上にベルトで固定されていたし、意識がなかった分、かえって被害が少なかった。ケガをした者はなかったが、応援を呼ぶより他に手立てがなかった。

雨樋から電信柱に渡っていたドニーは、何やら降ってくる物体に気づき、思わず空を見上げた。その瞬間、巨大なガマガエルが顔を直撃し、その衝撃から電信柱をつかんでいた手を離してしまい、地面に落下した。そして、矯正《きょうせい》の手術を待っていた歯からアスファルトに激突した。

ジムは、アスファルトに顔を埋めるようにして倒れていたドニーの首根っこをひっつかみ、近くのガソリンスタンドに逃げ込み、カエルの雨から避難《ひなん》した。

骨のガンで二ヵ月の命と宣告され、妻にも見放されたジミー・ゲイターは生きる望みを失い、キッチンの引き出しにしまってあったスミス&ウェッソンをこめかみに当てていた。覚悟を決め、引き金を引こうとした瞬間、小さな天窓を破って、カエルが落ちてきた。カエルは、銃を持っていたジミーの手を直撃。弾は見事にジミーの頭を貫通した。ジミーは自殺に成功したのだろうか。それともカエルに殺されたのだろうか？

カエルに驚いたローズは、思わずハンドルを切りそこない、駐車していた車に激突してしまった。幸い、彼女もケガはなかった。

ローズは車を降りると、必死の思いでクローディアのアパートにやってきた。

「クローディア！　わたしよ！」

ドアを開けたとたん、恐怖におびえていた二人は、抱き合った。

「ママ！」

二人の間に長年あった気まずさは、もう消え去っていた。

何かが起こりつつあった。

そして、クローディアのアパートの壁の絵に、こんな文字が書かれていたのは、偶然だったのだろうか。

〝しかし、それは起こった〟と。


検死医が来てアールの遺体を運んだ後、疲れ切ったフランクは居間のソファの上で眠りこけていた。

フィルが涙をふきながらやってきて、フランクを起こした。

「すまないが、電話に出てくれ」

それは、アールの妻、リンダが収容されている病院からの電話だった。リンダの近親者は、もはや、フランクしかいなかった。

「助かるのか?」

フランクは淡々と聞いた。

「分かった。病院の正確な住所は?」

すぐに病院に駆けつけたフランクは、放心したように廊下を歩いていた。

彼女の面倒を俺が見ることになるんだろうか。人生は何て皮肉なんだ。しかしもはや、リンダはフランクにとっても、唯一の肉親だった。たとえ、血はつながらなくとも。

ベッドのリンダは、意識があるのかないのか、ただ天井を見つめているだけだった。

学校の図書館でカエルの雨を見た天才クイズ少年のスタンリーが、この自然現象を最も喜んでいた。少年は本を置き、首を傾けて、母親の愛に抱かれるようにそのカエルの雨に見入っていた。カーテンをスクリーンにして、月明かりに浮かび上がるカエルの雨の影絵は、自然界のあらゆる物体を表現できるという、フラクタル曲線が描く模様のように見えた。

家に戻り、父親のベッドのそばに立っていたスタンリーは、眠っている父親に声をかけた。

「パパ、僕を大事にして」

リックは、背中を向けたまま言った。

「寝ろ」

スタンリーはまた言った。

「僕を大事にして」

「寝ろ」

父親はそれを繰り返すだけだった。スタンリーは、父親に言われたとおり、寝室に戻って眠った。

ガソリンスタンドで奇妙な雨宿りをしていたドニーは、歯ぐきからしたたる血をバンダナで拭《ふ》きながら、ジムにすっかり事情を話した。

「俺はバカだった。歯を矯正するなんて！　それで彼に愛されると、バカなことを考えた。何のために？　それを分かりもせず……どこにはけ口があるんだ？　愛はあるのに、そのはけ口が見つからないんだ」

そのとき、カエルの死体の山の上に、ガチャッという金属音と共に、何かが落ちてきた。それは、ジムがなくしたはずの拳銃《けんじゅう》だった。

ジムは、ドニーの告白を信じ、見逃してやることにした。二人で、ちゃんと金を元通りにして。

それよりも、ジムにはまだやることがあった。


クローディアは、翌朝の晴れ渡った空の光を浴びて、ベッドの上にたたずんでいた。彼女の表情はいつもより穏やかで、テレビから聞こえてくるメロドラマのセリフを、聞くとはなしに聞いていた。

「僕は君って女を失いたくない……」

それは男のセリフだった。

「それを言いたかったんだ……君はとてもいい人だ。きれいな心を持ってる君を失いたくないんだ」

　どこかで聞いたようなセリフだったし、どこかで聞いたような声だった。

「二度と言わないでくれ。自分がバカな女だなんて」

　クローディアの前を、誰かが横切った。どこかで見たようなチェックのシャツだ。

「僕は聞きたくない」

　それはテレビの音声ではなく、優しいジムの声だった。

「ずっと僕といてくれないか？　それなら僕は嬉《うれ》しい。分かるね？」

　すると、クローディアは満面の笑みを見せた。

　天使のような、それはクローディアが初めて見せる、心からの微笑《ほほえ》みだった。

十二人の人間の、二十四時間の物語は、とりあえずこれで終わりだ。

こういうこともある。あり得ることだ。そう、あり得る。それから、この物語の冒頭で紹介した、絞首刑になったあの三人。あのダイバー。あのアパートの殺人。偶然の重なり合いで起きる事件。出来事の不思議な交錯。どこまでが偶然なのか。

「そんな話……もし映画なら信じられない」

「誰かの誰かが誰かの誰かと出会うなんて」

と思うかもしれない。

だが、わたしはこう思う。

世の中、不思議は尽きない。

次から次へ。だから、この言葉が生きてくる。

〝過去を捨てたと思っても、過去は追ってくる〟……。

あとがき

どんなにキャラクターの人数の多い映画でも、必ず主人公は一人というのがライターの鉄則だ。たとえば、『七人の侍』の主役と言えば、三船敏郎ではなく、もちろん志村喬であり、それのハリウッド版である『荒野の七人』でもユル・ブリンナーであり、『十二人の怒れる男』の十二人の陪審員の中の誰が主人公かというのも、これまた分かりやすく、もちろんヘンリー・フォンダが演じた陪審員8号だろう。

しかし、意外に難しいのが、『明日に向って撃て!』のロバート・レッドフォードかポール・ニューマンかという問題だ。結論から言えば、レッドフォードではなく、ニューマンということになるだろう。もちろん、映画がおもしろけりゃ、誰が主人公だろうがどっちでもいいじゃないかと言われるかもしれない。しかし、主人公が誰だか分からない映画は、作家が小説や脚本を書く上で混乱しているいい証拠なのだろうから、作品の質が高いか低いかを見分けるための、これはいいバロメーターになる。

この『マグノリア』のように、十二人ものキャラクターがうごめく映画では、主人公が誰だか分からなくなり、ただでさえ、ストーリーをぶつ切りにしたモザイク的な手法、語り口の映画なので、映画を見終えて混乱された観客は多いのではないかと思う。そして、ここでも主人公がいったい誰なのか、即座には答えられないのではないだろうか。もちろん、トム・クルーズ演ずるフランク・マッキーに決まってるじゃないかと、おっしゃる方はいちばん多いだろう。だとしたら、こう聞きたい、なぜ『マグノリア』でアカデミー賞にノミネートされたトム・クルーズは、なぜ最優秀「助」演男優賞部門でノミネートされたのだろうか？

『マグノリア』に限らず、近々公開されるやはり群像劇の傑作『マイ・ハート、マイ・ラブ』にしても、古くはロバート・アルトマン監督の『ナッシュビル』にしても、キャラクターが多ければ多いほどいいというものでもなく、それら俳優たちのアンサンブルをどういう方向に冷徹に持っていくのかという、モザイク模様やパズルのようなストーリーをどう切り結んでいくかが、そういう映画の醍醐味であり、監督の手腕がいちばん問われるところだろう。それをここまで大胆に監督した現在三十歳のポール・アンダーソンという監督はただものではない。今後が楽しみな監督だし、見る者に残してくれたマグノリアという花（ドラマ）の種が、今後われわれの心の中でどんな芽を出し、どんな風に育ち、どんな色の花を咲かせてくれるのか、あるいは、はかなく散っていくのか、それを見守るのも楽しみでしかたない。

サンフェルナンド・バレーにて

マグノリア

ポール・トーマス・アンダーソン=脚本

岡山《おかやま》 徹《とおる》=編訳

角川文庫 11456

平成十二年四月一日 初版発行

発行者――角川歴彦
発行所――株式会社角川書店
東京都千代田区富士見二―十三―三
電話 編集部(〇三)三二三八―八五五五
営業部(〇三)三二三八―八五二一
〒一〇二―八一七七
振替〇〇一三〇―九―一九五二〇八

印刷所――旭印刷 製本所――コオトブックライン
装幀者――杉浦康平

本書の無断複写・複製・転載を禁じます。

落丁・乱丁本はご面倒でも小社営業部受注センター読者係にお送りください。送料は小社負担でお取り替えいたします。

定価はカバーに明記してあります。

Printed in Japan

ン 18-1 ISBN4-04-285201-7 C0197

角川文庫発刊に際して

角川源義

第二次世界大戦の敗北は、軍事力の敗北であった以上に、私たちの若い文化力の敗退であった。私たちの文化が戦争に対して如何に無力であり、単なるあだ花に過ぎなかったかを、私たちは身を以て体験し痛感した。西洋近代文化の摂取にとって、明治以後八十年の歳月は決して短かすぎたとは言えない。にもかかわらず、近代文化の伝統を確立し、自由な批判と柔軟な良識に富む文化層として自らを形成することに私たちは失敗して来た。そしてこれは、各層への文化の普及滲透を任務とする出版人の責任でもあった。

一九四五年以来、私たちは再び振出しに戻り、第一歩から踏み出すことを余儀なくされた。これは大きな不幸ではあるが、反面、これまでの混沌・未熟・歪曲の中にあった我が国の文化に秩序と確たる基礎を齎らすためには絶好の機会でもある。角川書店は、このような祖国の文化的危機にあたり、微力をも顧みず再建の礎石たるべき抱負と決意とをもって出発したが、ここに創立以来の念願を果すべく角川文庫を発刊する。これまで刊行されたあらゆる全集叢書文庫類の長所と短所とを検討し、古今東西の不朽の典籍を、良心的編集のもとに、廉価に、そして書架にふさわしい美本として、多くのひとびとに提供しようとする。しかし私たちは徒らに百科全書的な知識のジレッタントを作ることを目的とせず、あくまで祖国の文化に秩序と再建への道を示し、この文庫を角川書店の栄ある事業として、今後永久に継続発展せしめ、学芸と教養との殿堂として大成せんことを期したい。多くの読書子の愛情ある忠言と支持とによって、この希望と抱負とを完遂せしめられんことを願う。

一九四九年五月三日